大人的
餵養
日常
The Daily Life
of the
Mermaid's Creditor

鬼畜債主大人
倒楣人魚

雲彥

荊國國君，正值青春美麗的十七歲少女，因一場暗殺而成了失聲的人魚，還被號稱殘酷腹黑的葉紹撿到！為了求生存，她只能委屈的從國君降級成寵物魚，開始過著被主人包養的寵物日常。

葉紹

詭計多端的齊國世子，武藝非凡，一心想成為齊王。性格腹黑的他，表面上經常欺負雲彥，卻將她保護得無微不至。

茯苓

葉紹的隱衛，是個寡言兼面癱臉的男人，雲彥懷疑他患有社交恐懼症。

白啓

燕國三王子，是個天然蠢真的少年。對雲彥有種莫名的執著，因此常被葉紹欺負。

宗楚

南方巫國後人，信奉海神，年紀小小卻心機深沉。

contents

第一章

孤王是糖，甜到哀傷

孤三歲死了娘，八歲去了爹，九歲崩了外公。老爹薨逝前留下四名輔政大臣，到如今被孤剋得只剩下兩人，其中一人躺在病床上眼看要嗝屁。就連孤養的阿貓阿狗也每每活不過次年年關，最後孤迫不得已選擇了養隻烏龜。

請想像一下，別家公主慵懶的抱著雪白獅子狗閒聊打屁，我懷揣著隻面癱的王八衣冠楚楚坐在其中拈花一笑。那畫面太美，我不敢看。

當然，公主是孤以前的職業，孤現在是個諸侯！

我大穆朝分封五國，齊、趙、燕、蜀、荊。齊國盤桓東南沿海一帶，趙國獨守西域關塞要地，燕國則處中原腹地，蜀國則享占天府之地；至於我荊國嘛，雖然與最為富饒的齊國隔著條小海峽遙遙相望，但國土總面積圈起來撐死頂過它一個州……

可再不濟，孤好歹也是個拿著太學畢業證書，經過當朝天子權威認證的一方侯王！

命硬是孤的人生起點，命途多舛則是孤的人生特點。在其他諸侯世子使盡渾身解數期盼自家老爹早點歸西時，孤已經坐在王位上思考整個屬國上下幾十萬張嘴明年的口糧。

「大王！您八歲時只是登基，還沒親政呢……」

「閉嘴！」

沒辦法，諸侯五國中齊國多金，蜀國出玉，燕國銀礦居多；剩下個趙國雖然什麼特產也沒有，但好歹人家祖上三代善於經營，為這代國君留下了做富二代的資本。而我們荊國呢，倒也是個特色，那就是——

窮。

窮不可怕，可怕的是放眼望去滿朝文武包括上任國君孤的父王居然沒一個會過日子。從前每當孤的父王動了什麼驕奢淫逸的念頭，戶部侍郎就領著他去看看空蕩蕩的國庫，他那點昏君氣焰就徹底消失了。

這個段子流傳到民間，還編成了個順口溜——

潑冷水哪家強？荊國戶部找侍郎。

哦，對了，本國還有第二個特色，那就是孤這個天煞孤星的女國君！

滿打滿算，過了今年元日，孤登基也有九個年頭了。我們大穆帝國有個不成文的規矩，女兒家過了及笄之年就該嫁人了，往往很多姑娘家還沒及笄前，家裡就已經替她找好了婆家、商量好了親事，就等著及笄的大日子一過便出閣了。而遲一年是晚婚，遲兩年就是剩女，比如孤……

及笄後的頭一年，鑑於孤是個諸侯，家裡人該死的也死得差不多了，故而耳根子頗為清靜。到了第二年，孤耳邊就若有若無的響起了不大不小的議論聲——

「大王，您年紀不小了，該找對象了。」

「大王，您看有沒有合眼緣的招進後宮裡啊。」

「大王，您看，要不老臣給您介紹幾個人品相貌都不錯的？」

孤起初還淡定的能視若無睹，直到上個月四大輔政之一的梁老頭子正經八百把此事提上了當朝議程，事態發展立刻脫離了孤的想像。據說退朝之後，全國上下所有媒館生意瞬間爆滿，每家適齡、不適齡的未婚男子火速敲定自己的終身大事，實在找不到對象的也忍痛進了和尚廟。

身為被逼婚但又不想步入婚姻墳墓的國君我，心情很複雜……

從理論角度上來說，孤再不濟也是個有名有分的王二代，如今已躋身穆朝五大豪強之一，不該淪落到這等地步。但是俗話說得好，有比較才有差距。撇去穆天子的諸位皇子不提，單單說就在本國隔壁北邊那齊國的儲君葉紹。

葉紹，本是齊國的二世子。在他那倒楣大哥一不小心騎馬摔死（難說不是被葉紹這廝輾死的）後，成功晉級為齊國儲君。據說此人五歲能詩，七歲能文，八歲已經會騎著小馬駒奔跑在夕陽下追逐可憐的小兔小鹿，十二歲跟著他舅父去沙場征戰，結果單殺對方一員大將，一戰成名。

這不稀罕，基本上哪一個野心勃勃的權謀家沒點什麼閃瞎人的發家歷史呢？

——除了孤。

此人揚名天下的不僅是他戰無不勝的功勛史，還有他那陰晴不定的變態性格。

遙想當年，我跟隨老爹去帝都覲見天子，不可避免的與同樣是個小屁孩的葉紹在宮中狹路相逢！

那一年我七歲，尚且是個天真活潑（並沒有），以為世界處處充滿愛的小屁孩。老爹忙著和其他諸侯聯絡感情，別家的王子、公主有娘親照管，而我只能漫無目的的在迷宮般的皇宮裡轉來轉去。一不留神，因為我卓越的方向感，我迷路了……

就在那一條羊腸小徑般的幽暗長廊中，我遇見了已經十歲的葉紹。和我一樣，葉紹亦是獨身一人。

殿外黑雲壓頂，廊內光線靡靡，許是這裡平時沒什麼人，兩邊宮燈沒一盞是亮的。單憑我敏銳的視覺，我發現了站在十尺開外的葉紹。他一身暗藍提花緞袍，在光線的作用下更似死氣沉沉的玄色，他的人亦如這幽寂的藍，安靜的站在兩扇菱花木門外。在近乎夜色的視野裡看見他已實屬不易，更不易的是我竟然還看清了他臉上的表情。那是一種我很難用言語形容的表情……冷漠？厭惡？嘲諷？

種種皆有。

如果我知道那種表情飽含著另外一個名詞——「危險」時，我一定不會很傻很天真的湊上去，還朝他賣了一個萌，甜甜一笑：「大哥哥，你在看什麼呀？」

「噓。」

我的出現沒有令葉紹露出任何驚訝的神情，他豎著食指輕輕壓住我的嘴。他微微撇過視線瞄了我一眼，忽然輕輕一笑。年幼無知的我被他這個人畜無害的笑容迷惑住了，就那樣單蠢的把一條毒蛇當成了暖男。

他說：「妳想知道嗎？」

我點點頭。

他在門前讓開了一個位置，原來那扇門沒有關嚴實，露著一條縫，縫裡隱隱約約傳來女子的聲音，低柔迷離。

前面已經說過了，我是個充滿好奇心的孩子，於是我湊上前去試圖將裡面的光景看得清楚些。在我湊上去的剎那，我的屁股被人狠狠的踹了一腳，於是我整個人不受控制的帶著尖叫撞開了門扉，撞破了齊國王后與穆朝太子的姦情……

等我回過神來的時候，葉紹已經不見了，獨留我一人與驚慌失措又震怒的床上二人面面相覷。

若不是我機智的及時報出自己響噹噹的荊國公主名號，我相信，在那一天，我一定被太子殿下當場滅口。

廢了這麼多口水追憶往事，我只想說明一件事，縱然齊國這位儲君貌好才好武藝好，但他的人品委實只配得上人渣二字！

只可惜真理總是掌握在少數人的手中，整個穆朝國土版塊內的大多數群眾還是處於被他的表象矇騙的狀態下，包括當朝的皇帝，單就這幾年賞給葉紹的錢財封地，足足叫一窮二白的荊國國君我紅瞎了眼。

葉紹的存在，令穆朝內許多世子、公主黯然失色，其中亦包括孤王。不過有一點我還是強過他的，至少從階級上來看，我已經和他爹是處於同一水平線上了，他見了我還得行揖禮呢！

遺憾的是，自從孤繼位後，每逢去帝都，陰差陽錯總難碰見葉世子，聽說他三天兩頭東征北伐，替帝國打擊不法武裝組織。

唉，但願孤趕得及在他戰死之前，受他一禮啊！

「那個誰，這句話就不要記下來了，今年我們還得找齊國借錢呢。」

◆※◆※◆※◆

憶苦思甜的想了這般多，馬車顛簸得一個上午眨眼般便過去了。

元正（注：元旦）之後遵循祖例，孤帶著一幫朝臣去巡視荊國的大好江山，體察民情。我一直弄不懂荊國老祖宗搞這種活動的意義，搞就算了，還要大張旗鼓的搞，生怕別人不知道你這狗國君出來找死似的。

孤再窮也是個國君，這顆狗頭常年還是盤桓於各國殺手賞金榜上前十名的好不好！雖然孤和居於榜首的葉紹之間相差了整整十倍不止的銀兩……

再回頭看看馬車後那票老弱病殘就差個懷孕的朝臣們，唉，要不是老爹臨死前逼著我發誓，孤早就想交上印璽，捲走為數不多的那點存款找個小地方做個土財主了。

說曹操曹操就到，一口氣還沒嘆完，前邊儀仗隊中突然有人大喊一聲：「有刺客！」

「啊啊啊啊——哪裡有刺客？」

「啊啊啊啊──快逃命啊！」

「啊啊啊啊──不要殺俺！」

等等，你們是不是忘了還有我這個女王大人了啊！？

雞飛狗跳不足以形容此時場面之混亂，這次來襲的敵方似乎陣容比以往任何一次都要強大，不到片刻衝得御林軍東倒西歪，鬼哭狼嚎一片。

來者目標明確，簡單粗暴，直取中路，數十黑影颼颼的踏在屍體上直奔御輦而來。

「娘哎！」我只來得及喊出這一句，轉身便逃。做國君近十載，孤可是鍛鍊出了特別的逃生技巧呢！

可逃沒兩步，我斯巴達了。顯而易見，對方算準了地點而來，御輦路過的地方左側是萬丈石壁，右側則是陡峭懸崖，懸崖之下海波粼粼，一望無際。這不就是逼著人家跳崖以死明志的意思嘛！

跳還是不跳，這是個問題。

而時不我待，背後颯颯刀劍聲已然近在咫尺，孤尚在猶豫。就在猶豫的那一剎那，屁股不知被何人用力踹了一腳……

這種感覺是何等的似曾相識啊──！！

◆※◆※◆※◆

和每一個大難不死的小說主角一樣，跳海之後的我並沒有死。

我醒來時，厚重的暗紫暮色混沌的籠罩住了海與天，漲起來的潮水將我推到了濕漉漉的沙灘上。大概是在水中泡得久了，四肢格外的沉重，重得好像……感受不到它們的存在？

花費一炷香的時間讓腦子稍微清醒了後，我又花了一炷香的時間讓自己的眼睛適應了夜色，再然後我想爬起來……但是沒成功。

我再次試了一試，還是沒成功，我下意識低頭去看看那雙使不上勁的腿。

剛剛清醒的腦袋霎時當了機，這條金燦燦的魚尾巴是怎麼回事啊！！

在小的時候，孤曾試想過很多種自己未來的發展道路。

如果老爹老娘勤勉一點，給孤添個弟弟，那麼孤就可以順理成章的繼續做自己的公主，混吃等死到老。

如果下任穆天子發憤圖強，一口氣收回五個諸侯國，那麼孤亦可以拿著天子封賞，混吃等死到老。

最壞最壞，隔壁齊國葉紹獸性大發，吞併了荊國。按照葉紹假仁假義、貪圖虛名的做派，對待孤這個亡國之君至少在場面上也不會差到哪裡去，所以孤還是可以混吃等死到老。

然而，無論是哪一種設想，都不會是有朝一日孤會擁有一條貨真價實的魚尾巴！

墜個崖而已嘛，有必要玩得這麼大嗎？

從發現事實到接受事實，孤用了接近大半夜的時間。期間孤思考了很多問題，從「人家到底還是不是人」到「一國諸侯墜崖到現在居然沒半個人找來這不科學啊」，再到「算了，回去還要面對欠下的一屁股債，孤還是留在海裡做條安靜的美人魚好了」等等……

在思考的同時我也沒有忘記自救，什麼魚躍式、匍匐式、打滾式……各種姿勢都試過後，我發現自己對這條尾巴的使用程度，僅停留在拍開試圖夾住它的螃蟹和賣萌上。

隨著海平面上泛起的金色粼波越來越亮，晨起的日光落在我滑溜溜的尾巴上，我驟然間醍醐灌頂，等到天亮漁民出海打漁碰見了拖著條魚尾的我，可就出大事了！以我對荊國百姓們文化水準的認知，他們絕不會認為上身人形、下身魚尾的我是什麼「貌美善歌，織水為綃」的鮫人，十有八九是會架個篝火把我當成妖怪烤了……

再說了，就算是鮫人，應該也算是妖怪吧。

這麼一想，事態陡然嚴重起來。我已經不再關心「是做人好呢還是做魚好呢」這種高層次的哲學問題，而是深深的擔心自己會不會成為一條外焦裡嫩、香酥可口的烤人魚。

俗話說得好，怕什麼來什麼。就在我拖著沉重的魚尾巴撲騰在鋪滿晨光的沙灘上時，我聽見了崖石背後響起了一行腳步聲。不妙，我彷彿看見了自己離烤架越來越近。魚尾巴的支撐力遠比不上雙腿，我費盡力氣掙扎的移往石頭後方想避一避，挪了不過兩尺左右，那個人已然出現在我面前。

沒有意外，沒有遮擋，我和那人在朗朗晨光中面對面相遇。

我以為我會嚇到他，結果先受到驚嚇的反而是我！

我與此人雖然數年未見，但當年在皇宮一面印象著實太過深刻，於是今時今日毫無障礙的認出了眼前這名劍眉鳳目的黑衣男子——葉紹。

無數個念頭在孤電閃雷鳴的腦子中翻滾著：「哎？這廝怎麼會光天化日之下出現在我大荊國境內啊！」、「等一下！這麼丟臉的場面居然被宿敵撞見！」……

我兀自沉浸在糾結中不可自拔，反觀葉紹的神情似乎也是受到了不小的震撼，一時半會場面寂靜，我和他四目相對誰都沒有說話。

比起我這個鄉下小國的國君，葉世子畢竟是見多了大場面的，他率先收起了滿面驚訝，唯有一雙星目裡尚留著點點訝然餘韻，他握著腰間劍柄，挑挑眉，問：「妖怪？神仙？」

腦子慢慢恢復轉動的我呆滯的看著他，搖搖頭。

「人？」

他眼中浮現出一種叫饒有興味的笑容，這個笑容讓我瞬間不寒而慄，我迅速的拍著尾巴往後縮，輕輕點頭。

「啞巴？」

我往後縮，他往前走，手裡的劍卻時刻沒有放下。

你你、你這個變態走開啦，離我遠點啦！

童年不愉快的記憶隨著他走近的身影彷彿越來越清晰，登基後我無聊時偶爾也想過和葉紹再見面時的情景，無一不是身為國君的我開啟狂霸酷跩屌的氣場享受著葉紹對我行大禮。

但萬萬沒想到，我與他再見之日，竟然會是如此！

看看他手裡的劍，當真是人為刀俎、我為魚肉！以他動輒就坑殺敵國俘虜的凶殘程度，莫非他想要當場用他著名的一葉劍颼颼幾聲把我片成生魚片？

無怪乎我把這廝想得這麼禽獸，江湖傳聞，當年葉紹率兵攻打南蠻，兵入荒境，糧草供應不及，而攻打下的部落死活不提供糧草所在地。就見葉世子溫文一笑，絕色傾城，一葉劍驚鴻而過。部落首領慘叫一聲，一片白花花的肉落在地上，葉紹彈劍輕吹，說：「不說也無妨，這不就是肉嗎？」

此人手段之殘忍令人髮指至極！

我抱著尾巴隨著葉紹逼近的腳步簌簌發抖。不是孤沒出息，而是對方太畜生。

「南海有蛟，貌美，善歌。」

葉紹唸唸有詞走至我身前，七尺身量稍稍彎下，鳳目迅速在我周身掃過，最後定格在我使勁往下埋的臉上。

下顎驟然一痛，我被捏起臉來與他對視，葉紹的眼中閃過一道很明顯的失落之色，切的一聲：「傳聞也不過如此。」他的視線還往我胸前一瞥而過，別有深意的嘖嘖兩聲。

「……」

是可忍孰不可忍！你可以不尊重我的人格，但不能不尊重我的胸！魚尾以迅雷不及掩耳之勢一躍而起，啪的甩向葉紹的臉。

「砰——」

強烈的撞擊震得尾鰭處陣陣發麻，在葉紹那張俊臉和我的尾巴間格擋著他的一葉劍。劍鞘被他屈指頂開，露出的森森寒芒離我的尾巴只有數寸之遙，我咕咚的嚥了口口水。

「還有點性子？」葉紹衝我一笑。

我不敢再輕舉妄動，默默的、輕輕的放下尾巴。暗暗握了握拳，孤這不叫孬！孤這叫戰略性迴避！

葉紹卻沒打算放過我，拄著劍蹲在我面前，抿脣淺笑：「叫什麼名字？從何處來？」

「……」哼，孤這樣冷豔高貴的國君不屑和你這個還沒玩上王位的小輩說話！

他撫劍說道：「聽說鮫人的血肉可以長生不老……」

算了，我不和你一般見識。換個角度想，來的是葉紹總比鄉野漁夫好。至少葉紹沒大驚小怪的立刻把我當妖怪燒死，等我報上我荊國國君雲彥的名號，朗朗乾坤之下在我荊國境內，想來他也不會對我怎樣，正好藉著他的東風回到王宮，那就萬事大吉了。

整理一下思緒，葉紹的出現竟然還成件好事，我自覺滿意的盤算完，調整好作為一個國君應該有的姿態，朝著他抿脣一笑。

葉紹微是一愣。

我緩緩開口，開、開……

「……」

我無意識的摸了摸自己的喉嚨，試圖咳出幾聲來，但依舊什麼聲音都沒有發出來。再看看自己那條金色的魚尾和平胸，我頓時淚流滿面，果然神話裡都是騙人的！

「真是個啞巴啊？」

這是個疑問句，可葉紹的語氣卻沒有流露出任何疑惑來，顯然他從一開始就認定了這個事實。

稍稍的失落之後，我重新打起精神。

罷了！魚尾巴我都接受了，何況是失聲！說不出來，我可以寫嘛！我為自己的機智再次點了個讚。

我拎起半濕半乾的大袖，食指在沙灘上一筆一劃的寫起來。

葉紹眉毛又是挑了挑，嘴角亦是似笑非笑。他皮囊生得好，這副做派擱別人身上就是流裡流氣，他做出來反倒顯出幾分自然而然的風流意味。當然，這也不能掩蓋他本身是個無恥流氓的事實！

「雲……」他唸出了我寫的第一個字。

我抖抖手指的沙粒，預備開始寫第二個字，結果腦子裡靈光一閃，驀然想到了什麼。

雖然孤從成為王女到登基這番過程順風順水，沒有其他諸侯國繼位時的血雨腥風，但這並不代表孤就是個不諳世事的傻瓜。葉紹出現的時間地點太詭異了，於情於理，諸侯世子來到其他藩國，理應提前月餘由禮部上報給我。可葉紹的出現是如此的突兀，我之前完全沒有收到任何風聲。

這樣便也罷了，哪國沒有潛伏入境的間諜呢！葉紹這人打小性格扭曲，以他儲君之尊跑來做間諜也不是說不通。問題是，他為什麼不早不晚、不偏不倚就出現在我落崖的地方？又一想那些來路不明、武功高強的刺客，再看著葉紹身上的黑衣，怎麼看怎麼像啊！

雖然目前不太清楚對方刺殺我的原因，畢竟荊國是五個諸侯國裡出了名的一窮二白，收服過來說不定還要倒貼著養。我尋思著，一般沒個受虐癖的，怎麼著也不會拿我開刀啊～

不論如何，這般分析完，我手指僵住，怎麼也寫不下去了。這要是明明白白的告訴葉紹說我就是荊國國君雲彥，這不是把自己往刀口上送嘛！

於是，在那一瞬間我假裝自己間歇性失憶了，寫完個雲字後就茫然的盯著沙灘，彷彿再也想不出下個字來。

「沒了？」葉紹等了許久沒等到下文，顯然不太滿意。

我蹙著眉心，以一副迷茫又苦大仇深的表情看向他，以表情告訴他：人家失憶了，忘記叫什麼了。

葉紹支手托著下巴，看了我一會兒。那種眼神看得我心肝微微顫，連在覲見皇帝時都沒這麼緊張過。他忽而一笑，抬手溫柔的撫過我黏在臉頰上的髮絲，說：「啞都啞了，腦子不好也可以理解。」

「……」

老天爺！我真想一尾巴搧死他！

孤八歲繼承王位，至今已打拚奮鬥了足足九年。期間遇到過種種艱難困阻，就像「大王不好啦！宮牆塌了沒錢修啦！」、「大王不好啦！今年國民收入又呈負增長啦！」、「大王不好啦！兵部尚書因為發不出軍餉要辭職不幹啦！」……

更憂傷的時候也有，那就是每年諸侯在帝都的聚會。別家王侯穿金戴銀在一邊炫富，而我只能抱著杯茶坐在一旁，溫和的散發著窮酸的氣息。

而與眼下的境況相比，以上狀況完全不足一提。

在我和葉紹僵持的那會兒工夫，火紅的旭日冉冉升起，潔白的鷗鳥成群結伴飛向遙遠的海面覓食，這意味著漁民們也將快要出海打漁。大概是變了個物種，我的聽覺似乎也格外敏銳起來，彷彿已經聽到不遠處漸近的喧嚷聲。

雪上加霜的是葉紹居然意興闌珊的留下我一個人（不對，一條魚）要走了！

你到底是不是正常人啊葉世子！

好奇心呢，年輕人！？

平常人見到我這種傳說中的珍惜魚類，難道不應該欣喜若狂的帶回去收藏嘛！孤知道你們齊國有錢啊，可再有錢也買不到孤這樣萬中無一的美人魚吧？多麼難能可貴的機會啊！來吧，英雄！擁有我，來年你將在五國首腦炫富會上一枝獨秀，力壓群雄！連皇帝也要拜倒在你的土豪光芒之下！

我的視線越發的灼熱，葉紹的神色竟越發的疏懶。他抬眉望望天色，將劍扣回腰間道：「罷了，時辰不早了。本王尚有事在身，他日若有緣，再見便是。」

從我和葉紹少得可憐的碰面次數來看，我和他養的那條叫小白的狗都比和他有緣，至少每次去皇宮都能見著他大腹便便的齊王老爹牽著那隻京巴熱情的朝我打招呼……

雖然我根本不想和你有緣，但我更不想自己成為燒烤攤上一道亮麗的風景呀！該出手時便出手！

我果斷的拉住了葉紹即將飄揚而去的袍角，拉到的那一剎那，我又忍不住仇富的罵了一句：「死土豪！」穿個大眾版夜行衣都要穿百金一匹冰蠶緞的，黑不溜秋的誰看得出來啊！所以我又罵了一句：「死悶騷！」

葉紹「驚訝」回頭，問：「怎麼？」他笑得一臉不懷好意，「捨不得我走？」

有沒有搞錯啊你，人魚戀這麼重口味你都玩！

「姿色倒是有幾分，只不過嘛……」葉紹用一種在我看來分外猥瑣的眼神滴溜在我的尾巴上轉了一圈，惋惜道：「實用功能不是太大，哦不，是基本上不能用。」

怎麼不大呢！

遠方的人聲越來越沸騰響亮，我顧不上他的話裡有話，在沙面上劃了一行字：「我會……」會了半天，我發現，出乎意料的，我連一個技能都寫不出來，或者說不能寫。我總不能洋洋灑灑的寫上「我會看奏摺」、「我會批奏摺」吧！

葉紹嗤之以鼻的一哼，那意思顯然是：本王從不養閒人，閒魚也不！

我強作鎮定，徐徐寫一行字：「我會游泳！」所以如果你哪天被刺殺掉進水裡，我也許善心大發把你撈出來。

葉紹不急不忙回道：「本王也會。」

……給不給魚一條活路了！人家這麼寫，不就是想賣個萌，讓你把人家帶回去嗎！善解人意一點會死還是會怎樣啊！

我急中生智，又寫下一句：「我很好看！」

對此，葉紹的回應很簡單——

「呵呵。」

啊啊啊，我真的好想捻死他啊！跟這種不會聊天的人完全聊不下去啊！就他這陰暗扭曲、三觀（注：世界觀、人生觀、價值觀）不正的生活態度，到底是怎麼得到大批死忠粉絲的啊！

葉紹絲毫體會不到我心如炭烤的焦慮，懶洋洋抱臂道：「一無是處的人，魚也是，要妳何用？」

怎麼！還要孤怎麼寫！難道要我寫「我很好吃」嗎？這對一條魚來說或許是很高的讚賞，但對孤這個內心是實實在在的人類來說就是侮辱！侮辱你懂嗎？

何況孤還是個一國諸侯！

仰頭看著他好整以暇的戲謔神態，我想他大概是不懂的。

心好累……

破罐子破摔了！孤索性也顧不上什麼君王儀表、人格尊嚴了，尾巴猛地拍的一彈，整個人撲過去一把抱住葉紹的雙腿。另外，為了表示我的決心，我還把我金閃閃的魚尾捲了個圈繞了上去！

葉紹睫毛顫顫垂眸看我，我鼓著腮堅定不移的回望過去，他冷聲：「鬆手。」

這個人笑起來像暮春時節的暖陽，平易近人，一旦冷下臉來便陡然生出一種說不出的冷漠狠厲。瞧吧、瞧吧！變臉了！就說這個人是個喜怒不定的鬼畜。我邊在心裡碎碎唸著，邊毅然決然的朝他搖搖頭。

他拔了劍，我喉頭咕咚一聲，反而將他抱得更牢了些。他是我唯一的救命稻草，絕不會放過。

寒冰般的劍光霍然刺來，我心頭緊得幾乎喘不過氣來，猛地閉上了眼。

快得不可思議的劍氣擦過我的臉，我縮了下肩，很輕很快的一聲。沒什麼痛感，我咦了下，睜眼時整個人連著尾巴嚴嚴實實的裹著件黑衣，被抱在了葉紹懷裡。

他沒殺我？我眨眨眼看他。他察覺到我的目光，嘴角噙著笑，那笑真是……無法形容的詭異莫測。

泰然自若的避開了擠擠攘攘的漁民，他才開口道：「本王考慮片刻，妳也不至於一無是處。」他朝我咧嘴一笑，白齒森森，「至少妳可以當本王的儲備食糧。」

「……」

孤現在反悔還來得及嗎……

◆※◆※◆※◆

應該是頭一次抱這麼大條的魚，葉紹的姿勢很是生硬，抱得我極為不舒服。尤其是托在他臂彎裡的尾巴，一路過來都分外不適，扭來扭去我難以忍受的擺動了下尾巴，示意他能不能換個姿勢。

在我的折騰下，葉紹很快領悟到了我的意思，但他絲毫沒有改變動作的意思，只是瞟了眼我裹在黑布下的魚尾，輕描淡寫道：「斷了半片，不舒服是自然的。」

「……」

我的尾巴——！！！

我震驚萬分的顫著手掀開身上的袍子一角，剎那五雷轟頂。我漂亮的、金色的、完美無缺的、小蒲扇般的扇形魚鰭，如今只剩下孤零零的半片！

就這麼一會兒工夫，孤就成了人魚中的二等殘廢？

「不要這麼看我。」葉紹沒有低頭卻接受到了我滿含仇恨的目光，淡淡解釋道：「剛剛帶妳走的時候，妳的尾鰭被個蚌殼夾住了。」

扯淡！你就不能連著貝殼把我一起抱起來啊！

我咬著衣角望著那片殘缺的尾鰭，越看越是心疼，一想到恢復成人身後說不定孤就要斷條腿，傷心得幾乎快要落下了淚來。

許是我泫然若泣的神情觸動了葉紹少得可憐的一點人性，他瞥了一眼道：「一點小傷罷了，女子就是女子。」

你還鄙視孤！你還人家尾巴！你還人家尾巴！！

若不是怕他就這麼把我丟在大庭廣眾之下，否則今日孤定要和他拚了這條魚命！

葉紹想來也是吃定了我這點，又是一聲不陰不陽的嘲笑：「假哭都不會。」

誰說孤假哭了！孤……咦，我抹抹臉，又使勁揉揉臉，一點淚水的痕跡都沒有。我恍恍惚惚在摸到葉紹胳膊時狠狠扭了一把，他手一抖險些將我摔到地上去，我沒在意，用同樣的力道在自己的胳膊上扭了一把，疼得頓時眼睛鼻子一起發酸。

可也只是光發酸而已，眼眶仍舊乾燥如初。

我倒吸了一口冷氣，還沒緊張完，葉紹陰沉得快滴出水的聲音從頭頂飄來：「妳是喜歡紅燒，還是清蒸？」

「……」

◆※◆※◆※◆

雖不知葉紹為何原因鬼鬼祟祟潛入我大荊國，但既然是潛伏，必然是要低調更低調。所以他的路徑基本上就是穿梭在一些無名鄉野的村莊，這和我的最初目的很不相符。

我的計畫是搭著他的順風車回到荊國大一點的城鎮，然後想辦法聯絡到我忠心耿耿的隱衛們。即便孤有了一條魚尾巴，孤仍是荊國唯一的侯王，這一點是絕不會改變的。至於其他的問題，像「我該怎麼給雲王室傳宗接代」這種，那也得等孤回到王宮中再煩惱不遲。

葉紹的劍走偏鋒著實令我有些小焦慮，這人疑心太重，以我現在非人類的身分，我又不能表現得迫切想要去繁華大都市的渴求。

傷神，著實傷神。

葉紹的趕路方向是一路向北，按著我腦中模糊的荊國地圖，以他這個速度差不多快要到達荊國邊陲的池州了。池州說是州，但與齊國相比，至多算個不大不小的城。但我失蹤這麼久，應該在朝中引起了不小的轟動，想必尋找我的勢力也摸到了池州。

故而，這日露宿在荒野時，我估摸著能不能把葉紹引導到池州去。恰好葉紹與他來無影去無蹤的屬下們交流情報歸來，我安安分分拿著根樹枝待要在地上寫字，他反先撥了撥篝火說：「再行兩日就要到國都了，不想死得太早有些規矩妳得學學。」

耶？國都？

我的思緒一時轉不過來。

他膚白如玉的面龐在跳躍的火光中泛著微微的黃，彷彿整個人因此鍍上了一層暖意，實則不管是他的語氣還是他的神情，都滲著層冷意。我一時被他這神情懾住，兩人安靜的坐了一會兒，他忽而微微翹起嘴角，打破了令人窒息的寂靜。可接下來他談論的話題，無論如何都讓我難以愉快的和他聊下去……

「聽說前不久荊國的國君遇刺，下落不明。」

沒有一點點防備，也沒有一絲絲顧慮，葉紹簡簡單單的一句話驚得我心尖和尾巴同時猛地一抽。這葉紹究竟是人是鬼？孤這般改頭換面，從哺乳動物變成了脊椎魚類都能被他識破身分？

過了頭的反應沒有意外的勾起葉紹的疑惑，不過他眼中的意外很快含了一絲調侃的笑意，而我馬上也知道了原因……

疼疼疼啊！！我抱著從火堆裡搶救出來的尾巴恨不得在地上直打滾，但是地上委實太髒，於是我想也沒想，舉著尾巴在葉紹身上撲撲撲的撣了起來。撣滅火星後還意意猶未盡的在他袖子上蹭乾淨了黑灰。幸而我反應及時，否則我大概會成為有史以來第一條禿尾巴美人魚，那畫面想想都讓人生無可戀。

心有餘悸未完，我突然感受到了一絲冰冷的殺氣……

葉紹面無表情的看著我，我面無表情的回望他，他看看自己的衣裳，又看看我，嘴角挑起生冷的笑意。立刻我就解讀出他這邪魅一笑的含意——「yoooo，小傢伙膽子挺大啊。」

透過他這笑容，我彷彿已經看到了一口熱氣騰騰的大鍋擺在了面前，旁邊磨刀石上一把快刀泛著冷冷寒光！

「……」

我想我應該做點什麼來解釋一下這條尾巴對孤的重要意義，孤在命格上已是先天殘疾，若是在肉體上再有所欠缺，受傷的不僅是孤，還有千千萬萬指望著孤過日子的荊國子民，要不然來年誰來替他們還國債啊……

正當我拿著樹枝在堅硬的泥地上戳戳畫畫時，葉紹的手不知何時已握住劍柄，矯健的身形微微緊繃。我腦袋一熱，這是要把我剁頭刮鱗滅口的意思啊！驚駭之下，我腦中一個小人哭著奔過吼道：「別拖拖拉拉了，命都沒了，快跪下來求他吧！」

不行！孤代表的不僅是自己，還有整個荊國王室的尊嚴，怎麼能向葉紹這個豎子跪下！等我的神志有所反應，我的身體已搶先一步，尾巴已不由自主的朝他彎了下去。

葉紹臉上跳過一抹詫異，孰料不及我狠狠唾棄了下自己，少了半邊尾鰭的魚尾驟然失去平衡，上身摔進了葉紹懷裡。說懷裡不大準確，我和他目前正確的位置應該是我跪在地上，臉朝下趴在他……某個不太好的位置。

我有點尷尬，垂死掙扎著想不動聲色的遠離那個地方。豈知撐起我身體的尾巴蘘的被人一踩，「啪！」我又摔了回去……摔回去就罷了，我發現正對著的某個地方居然、居然好像不要臉的動了動。

一萬頭奔騰而過的神獸都不足以表達我焦躁又憤懣的心情，葉紹還火上加油的涼颼颼道：「對本王投懷送抱的女人不少，不過魚，還是頭一條。」

瀕臨狂暴的我咬牙切齒的想一巴掌呼上他那齷齪兮兮的地方，可又嫌髒了自己的手，我那向來無限寬廣的腦洞還順便想到了萬一打得齊王室斷子絕孫，以後去找哪個好說話的冤大頭借錢啊？

忍了又忍，萬分嫌惡的一把推開他，抬頭狠狠剜了他一刀後，我氣鼓鼓的想跳離這個人渣遠一點。

跳，跳……無聲的在心裡流下兩行淚水，我忘記自己的尾巴還被他踩在腳下！

我回頭凶惡的瞪他，他支著腮饒有興趣的欣賞了片刻我窘迫的模樣，才施捨般的挪走了腳尖。

我哼的一聲抽回尾巴，挺直了腰桿，雄赳赳氣昂昂的抬起下巴，尾巴一彈……自己倒了在了地上。

葉紹毫不掩飾的發出一聲笑。

「……」我揉揉被他踩得發麻的魚鰭，重新爬起來，這次比上次還要差勁，連「站」都沒站直就倒了下去。再接再厲爬起來，只不過又是重複了一次前面的步驟。摔了兩次，我大抵明白過來了，沒了那半片魚鰭不僅是不好看這麼簡單，它就相當於人的雙腿，少了半片連基本的平衡都無法保持。

我很失落，也很傷心。因為從小我爹只教過我怎樣做一個會「三十六種借錢技巧」的國君，可卻沒教我怎樣做條身殘志堅的美人魚啊！

背後響起腳步聲，我垂著頭沉浸在自己惆悵的情懷中不能自已，暫時不想應付這個鬼畜。突然腰部一緊，尾巴亦被勾在他臂彎裡抱了起來。

「不能走了，開口求一句很難嗎？」他抱著我坐回篝火旁沒有感情的說道。

我像看著個白痴一樣看著他。你找個啞巴開一個口給我看看？

他對我怨怒的眼神視若無睹，從懷中取了條一看就價值不菲的帕子來，撈起水壺隨隨便便倒了些水上去就要往我尾巴上擦。我及時捉住了他的手，他冰冷的看我，威脅意味很濃。我俐落的拔下髮簪刺啦一聲撕了衣袖一角塞進他手裡，塞進之前我非常坦然的將那條金絲帕塞進了自己懷中據為己有。

「……」葉紹握著那片布料的神情有那麼一瞬好似回到了純真迷茫的童年。

我捂了捂胸口的那方帕子，心滿意足。

也就一瞬而已，葉世子極快的恢復了他那副玩世不恭的公子哥樣，說：「萬萬沒想到，才寥寥數日，妳已經對本王情根深種了。」

「……」什麼叫做神經病我算是見識到了。想了想，我默默的拿起樹枝在地上寫了幾個字：「它很貴。」

這回輪到葉世子靜了一靜。

他淡淡瞟了一眼，我倏地心一跳，馬上補上一行字：「你比它貴！」

怎麼辦，我感覺他好像更不高興了……

擦淨了我尾巴上的汙泥，葉紹冰冷的氣息淡去了些許，想是沒那麼生氣了。

我這人呢，沒什麼優點，就是忘性大。什麼情緒來得快，去得也快。雖然從相遇以來這幾天，葉世子全方位的對我進行過各種不同程度的打擊嘲諷，但孤大人有大量，不和他一般計較。畢竟萍水相逢，等孤回到荊國以後，也沒什麼好計較了。而且他又幫我擦乾淨了尾巴，我覺得這個人除了陰暗點吧、毒舌點吧、狠辣點吧，好像還成……

最主要的是我迫切的想和他進行一下溝通，看能不能找個機會讓我逃出生天，畢竟和這種常年盤桓各大賞金榜首的人待在一起，自己的生命安全難以得到保障。這幾天裡，睜眼閉眼間，葉紹雖然沒說，但他偶爾消失又回來時身上那股淡淡的血腥氣卻是瞞不過我的。

造孽啊，虧他長了一張那麼好看的臉，光用來拉仇恨了。

剛剛他說到哪來著？對了，荊國國君……不才就是在下，遇刺落海了。從葉紹方才的表現來看，似乎並沒有認出我來。

不用我主動挑起話題，葉紹替我擦完尾巴，藉著火光仔細打量了一會兒，屈指彈了彈金黃圓滿的鱗片，問：「純金的？」

我心不在焉的隨意點點頭，點完頭覺得哪裡不對，對上葉紹發現新玩具一樣的目光，散漫的神經咻的繃緊。我趕緊使勁搖頭，這要是純金我還不得沉在海裡漂不上來嗎！

搖完頭仍是不放心，我覷了覷他的神色，小心的從他膝頭滑到旁邊鋪好的毯子上躲遠。他挑唇一笑，臉色卻是沉下來，一看就知道又不高興了。這麼彆扭的性子，到底吃什麼長大的啊，我搞不懂。

他竟也坐到了我身邊，我朝旁邊挪了挪，他又往我身邊坐了坐，我還想挪，他意有所指的看了眼燒得正旺的柴火，我立時安靜而溫順的坐著不動了。他挑起我一縷垂在背後的長髮，輕輕一扯，有點疼。

我忍耐了一下，沒克制住，朝他翻了個白眼。

「死魚眼。」

「……」他形容得好有道理，我竟然無言以對。

「妳姓雲……」他繞著我的頭髮在手指上纏了一圈又一圈，「巧得很，荊國的那位國君也姓雲。」

我放下已久的心又開始怦咚怦咚狂跳，差一點沒掩飾住臉上的失色。

葉紹這人可怕就在這裡，他像個極老道的獵手，總是在你已經放鬆警惕的時候，不經意間給你一道冷箭，打得你措手不及。若不是孤從小跟著老爹混跡在政治圈中，掌握了基本的生存技能，這個時候八成就著了他的道。

這個時候嘛，就要使出一項必殺技——裝面癱。

面癱加上死魚眼，事半功倍。

葉紹似乎並不關心我的神色變化，還是閒聊般的與我說著話：「妳從海中來，想必對陸上俗世不大瞭解。荊國的國君是個女子，荊國亦是五個諸侯國中唯一由女子主政的國家。」

咦，我以前沒聽說過葉紹是個話癆啊！

算了，他願意說就說吧，他不說話就會想著法子折騰我。不過從別人口裡聽到自己，感覺怪怪的，尤其是葉紹，總讓人有種不祥的預感。

「那個女國君，我小時候碰見過。」他不屑一顧的哼了哼，「小時候看著便是一副蠢相，如今墜海死了，於荊國而言說不定是件好事，哈哈哈！」

「……」哈什麼啊！信不信一副蠢相的我拿著火把，和你同歸於盡啊！

「罷了，她姓雲名彥。妳也姓雲……」他略一思索，在地上寫了一個字，「過兩日回宮時總要有個正經名諱，不如叫妳雲硯好了。」

我一臉死魚相的看他。

「很好，看來妳很喜歡這個名字，以後本王便叫妳阿硯好了。」

你哪隻眼看出來我喜歡了啊！

等一下，入宮，什麼入宮！？

你既然沒看出我的身分，那還入什麼宮啊？

我一頭霧水的望著他，他皺皺眉，捏了下我的臉，「記住，回王都後別再擺出這副蠢相給本王丟臉。」

「……」

那種不祥的預感，在三天後我看見巍峨城牆上那兩個碩大的「晟陽」二字時，徹底的應驗了。

晟陽，眾所皆知，是齊國的王都。

葉紹的老巢。

第二章

鮫人肉的妙用

齊國是有名的強國，五個諸侯國屬它德、智、體、群、美發展得最全面。這一點僅從國都晟陽的繁華似錦便可見一斑。

我從未來過晟陽，但有穆天子的帝都在先，不管是占地面積還是街市繁榮，晟陽皆毫不遜色於後者。

可此時的我完全沒心思去觀賞這座百年古城的風光……完全想不通啊，短短幾天時日孤怎麼就從荊國本土穿越到了齊國晟陽？

葉紹沒有給我太多沉思的時間，馬車噠噠的穿過了大半個晟陽城，停在了一棟其貌不揚、門扉緊閉的屋苑外。目的地不是王宮，這讓我有些意外。葉紹先行下車，門口一個藍衣侍衛順理成章的探過身來要抱下我，卻被他主子抬手阻止了。

勞駕葉世子親自抱我下車，我有點受寵若驚。他瞄見我才揚起得意的神色，不鹹不淡的來了一句：「本王擔心嚇著了付玲。」

我默默看了一眼那個虎背熊腰的黑臉侍衛，消化了一會兒，還是難以將他與「付玲」這樣一個細膩溫柔的名字聯繫在一起……

後來證明是我一時偏差聽錯了，葉紹喚的是「茯苓」。不僅他一個，就目前我見過的他的手下，基本上都是以草藥為名的。比如：為我們開門的老總管叫田七，和茯苓眉眼處有七分相似的小年輕叫天麻。

好好一個別院，整得和個藥鋪子似的。我不禁重新評估起葉紹，莫非這位世子爺的潛在理想不是成為一方霸主，而是個熬狗皮膏藥的白面郎中？

還有，我哪裡嚇人了啦！

一般情況下，一國儲君是要居住在王宮裡的潛龍邸，不能私設外宅。潛龍邸說是在王宮裡，其實與後宮中間只隔了一道高高的城牆。要不然太子長大了，還和后妃同進同出，未免太不合規矩。

孤的情況比較特殊，在我老爹沒死之前，整個荊國上下都認為他或許有機會能給荊國添一個名正言順的太子。但老天不開眼，直到他閉眼前，王室裡也就孤一根獨苗。加之我是個王女，所以從出生到登基，孤都心安理得的住在自己的芳儀殿內。

但規矩是死的，人是活的。哪家王公子弟沒幾處隱秘的小別院以供自己和一票狐朋狗友作奸犯科、欺壓民女來著？以葉紹自視甚高的秉性，欺壓民女倒不一定，可在這兒做的一定是見不得人的事。

我心戚戚然，古人告訴我們知道得越多，死得越快。孤連葉紹的狡兔三窟都曉得了，若不能及時脫身，怕是遲早要被他滅了口。

「妳身分特殊，貿然帶妳進宮不大妥當，等本王安排好了，再以個合適的名義將妳接入宮中。」

什麼叫合適的名義？我斜眼望他。

他摸著下巴問道：「妳是想以本王女人的身分，還是愛寵的身分？」

「……」謝謝你啊，兩個我都沒興趣。

來到別院沒多久，換了身衣服的葉紹就被臉黑黑的茯苓請去了書房。他前腳走，後腳長得比較討喜的小少年天麻就進來了，不用想都知道是葉紹派過來看著我的。他真是想太多，除非這短時間內我能再進化出一對鳥翅膀，否則靠一條魚尾我能往哪去啊！

從天麻的眼神裡看得出他對我很好奇，估計是害怕葉紹的淫威，所以不敢與我說話，一人一魚面面相覷的一坐一站。

為了遮掩我的身分，葉紹特意為我買來了長及地的窄裾襦裙。長長的裙襬可以包裹住我的尾巴，又不至於風一吹讓我走了光。畢竟大多數普通人沒有葉紹那樣強悍的承受能力，若是一不小心被旁人瞅見了我金燦燦的魚尾，十之八九我會被當成妖孽打死。

有句諺語叫「國之將亡，妖孽必出」。每朝每代的統治階級對我這樣的非人類打擊力度一向只嚴不寬，萬一「齊國儲君公然豢養妖物」的謠言流傳開來，到時候第一個拿我開刀的只怕就是葉紹。

所以，雖然窄窄的裙裾捆得我煞是不舒服，但顧及性命，我忍。

結果忍了一刻鐘後我熬不去了……不能怪我，要怪就怪葉紹不眠不休的一路飆車飆到了京城。他還不走大道，專愛揀稀奇古怪的偏僻小路走，屁股都要被他顛出痔瘡來了！

椅子是花梨硬木椅，沒有軟墊。

束縛在襦裙裡的我痛苦的感覺自己就好像是廚房牆上掛著的鹹魚，堅硬而筆直……

伺候在葉紹身邊的自然是機靈人，天麻很快看出了我的煎熬，很上道的開口詢問：「姑娘可是哪裡不適？」

我振奮了下精神，稍作比劃，天麻立刻明白過來我口不能言的困難，很迅速的找來紙筆。

我當然不能寫自己屁股不適了，便委婉而含蓄的寫上了四個碩大無比的字——

「我要洗澡。」

除去捆綁的不適外，這條魚尾幾天沒沾水，鱗片乾得已經失去了光澤。因為對人魚這個物種的不瞭解，我極度擔心鱗片會因為乾涸太久，就和枯萎的樹葉一樣一片片掉落……

「……」小少年臉一下子漲紅，結結巴巴道：「那那、那我伺候姑娘沐浴更衣。」

你說葉紹身邊怎麼養出這麼一個純情小少年啊，簡直違背自然規律！

我待要欣然點頭，眼角餘光瞥見了門外一道頎長身影，不是葉紹又是何人？

他看起來正要出門，目光淡淡掃來，在我舉起的白紙上停留片刻，嘴角抿了個說不上是冷笑還是陰笑的弧度。不到片刻，五大三粗的茯苓替換走了天麻，也不知茯苓對他這個弟弟說了些什麼，總之天麻走時一臉的如喪考妣，甚是可憐。

折壽喲……我嘀咕著，莫不是葉紹點了天麻小哥晚上侍寢？

天麻一走，我只能盯著面無表情如煞神般的茯苓，直覺意識到他肯定沒有方才的天麻好說話，但我仍是不屈不撓的舉著白紙找存在感。我真的很需要在水裡泡一泡！

茯苓蠕動了下嘴唇，一盞茶的工夫去了，他才硬邦邦的開口：「世子爺說要姑娘妳等他回來一起洗。」

「……」

我一個哆嗦，腦中不受控制的浮現出葉紹、天麻小哥還有我共同泡在一個池子裡的場景，誇張得連我這條魚類都想像不下去了好嗎！

茯苓那句話讓我受了很大的驚嚇，神思恍惚了一下午，以至於那個叫田七的總管叫了我好幾遍都沒有回過神來。

等我反應過來，老總管正以一種看著智障少女般的同情目光幽幽的望著我說：「姑娘，該用晚膳了。」

「……」我強忍住沒問他這眼神是什麼意思！

原來天都黑了，可葉紹未如他所言翩然而歸。我尚未欣喜上片刻，轉念一想，他現在不歸不代表他整夜不歸啊！我憂心忡忡的坐在桌邊繼續扮演眼神飄忽的智障少女，直到田七老總管親自呈上了晚膳。

老總管和藹可親的說：「這是世子爺**親自**為姑娘準備的。」

他將「親自」二字咬得很重，躍躍欲試的等待我的反應。

我能有什麼反應？難道要如那些仰慕葉紹的花痴少女般，雙手圍成個心型托住臉幸福的說：「人家好感動哦～～～」

呵呵。

所謂晚膳，其實是個外面包裝得很神秘的食盒，看情形連老總管也不曉得裡面有些什麼。所以揭開食盒時我很忐忑，生怕裡頭裝了一盒子八角、生薑、大蔥，原因大家都懂的。

結果證明我的腦洞開得有點過大了，但事實上，準備這個食盒的葉紹腦洞比我還大！

我忍不住掀桌——一盒子魚飼料，是個什麼鬼啦！

最可氣的是，左邊長方形的小匣子裡還精心擺放了兩條綠油油的水草！

葉紹！你快滾回來，孤保證不打死你！

◆※◆※◆※◆

這一夜，葉紹徹夜未歸。後半夜我實在熬不住，睏得直接蜷著尾巴暈了過去。暈也暈得不甚舒坦，朦朦朧朧，無數光怪陸離穿梭我的夢境。

夢境開端，我好似憑藉機智的計謀和靈敏的手段，刺殺葉紹這個魔頭後，成功逃回荊國做自己的土大王。我正要扠腰哈哈大笑，梁太師突然跳出來，拿著個算盤打得劈里啪啦響，說：「大王！在您不在的時候，我國又欠下齊國XXXXX兩外債，保守估計您下下輩子都還不清。」

「……」

這還不算完，梁太師打完算盤，拈鬚一笑道：「為了還債，臣等一致決定把您賣到齊國抵債。不過在還債之前，您得先生下我大荊國的王位繼承人！來吧，大王，老臣已經給您準備了九九八十一個花樣少年。大王，加油哦！」

「……」

驚悚未完，畫面突地一跳，葉紹殺氣騰騰的奔到我面前，一手掐著我脖子怒吼：「妳這個負心人丟下我們父子野哪去了！信不信本王把妳做成剁椒魚頭、水煮魚片、紅燒魚翅啊！」

寶、寶寶？

孤暈乎乎的低頭，就見葉紹臂彎裡托著個襁褓，一條金色的小人魚吮吸著手指對我咯咯直笑。

「……」

如此魔性的畫面嚇得我直接頭痛欲裂的醒過來，醒來時尾巴又疼又癢，喉嚨和起了火一樣。我有氣無力的喊了個水字，咻的一聲，一杯水又平又穩的送到了我面前。

我抬眼，果不其然，是茯苓。

面癱臉茯苓遞完水後，說：「世子爺遇刺了。」

我噗的一口水噴了出來，你下一句千萬不要告訴我，你們世子爺也變成一條萌萌噠的人魚哦！

誠然，葉紹遇刺的消息令我精神為之一振。

真真應驗了那句話：善惡終有報，天道有輪迴！不信抬頭看，蒼天饒過誰！

興奮沒過半炷香，我很快發現自己的處境，有可能要比葉紹還糟糕些。

尾巴很疼，火燒火燎的疼，宛如在烈日下曝晒了三天三夜似的。從小到大，不說和其他王子公主般嬌生慣養，我老爹也沒喪盡天良為了掙錢打發我去表演胸口碎大石什麼的啊！所以，我疼得毫無形象的打起滾來。

滾來滾去，滾了半天，沒人理。

「……」

我艱難而憤怒的抬頭，冰山臉茯苓仍沒有發現我的異樣，繼續在那低眉順眼的做報告。

「……」

我像鍋底裡滋滋作響的香煎魚，又滾了幾圈，床板都咯吱響了！他還是沒理……

茯苓面無表情說道：「世子希望姑娘妳能去……」

殺千刀的，我的尾巴都快裂成兩條，從金魚系變成觸手系，你還不看我一眼啊！你是故意的是吧！一定是故意的吧！

我忍著劇痛，伸出手去，茯苓身形微變，咻的遠離我兩步。

「……」

「水……」這是我清醒的最後一刻吐出來的話。在劇痛襲來之前，我腦子裡忽然冒出一個念頭：咦？我會說話了！？

◆※◆※◆※◆

我甦醒在一片涓涓脆細的水流聲中，凝聚起來的成團霧氣朦朧了視線，迴盪的水聲顯示出此地的空曠寂靜。水流溫暖舒適，我仰面懶洋洋的隨波而流，一時半會想不起今夕何夕。

「肚皮都翻過來了，死了？」

寧靜的祥和裡被一道不和諧的低沉男音打破。

「……」

我毛骨悚然，一個翻身猛地沉入水中，僅留了一雙眼睛萬分警惕的四處張望。方才的聲音好耳熟啊……

「看見我這麼興奮？」

背後一道強力拉住我的尾巴，用力一扯，漂著花瓣的青色水流瞬間淹沒了我的頭頂。幽黃的火光浸入水中，碎成無數金色的光暈，晃花了我的眼。

我使勁甩著尾巴瘋狂的掙扎，水中禁錮著我的力道不禁加大了幾分，換回的是我更激烈的抵抗。

啊啊啊啊——孤不要成為史上第一個淹死在澡池子裡的國君啊！很丟臉的說！！！

對方估計沒想到我反應會那麼大，也被我嚇了一跳，隨後他連拖帶拉把我扯上水面，匪夷所思的問：「……妳在掙扎什麼？妳不是人魚嗎？」

對哦，孤現在是條魚……

我立刻偃旗息鼓，眨去睫毛上的水珠，看清了近在咫尺的那張臉——我靠，說好的遇刺快掛了呢？人與魚之間最基本的信任呢！？

許是我流露出的眼神太直白，葉紹露出個陰惻惻的冷笑：「妳放心，本王有個三長兩短，必會捨不得妳，留妳陪葬。」

「……」

葉紹活蹦亂跳的出現在我面前，說好事不是好事，說壞事也不是壞事。畢竟在齊國我只認識他一個人，沒了他等於失去了目前唯一的依靠，一個不好就是死路一條。

細看葉紹面色，脣色泛白，雙頰亦是消瘦些許，人是憔悴了不少。

我盯著看的時間有點久，久到把我拖上岸的葉紹都察覺到了，他問：「妳在擔心我？」

「……」

鑑於他是靠山他最大，我明智的按下了自己差點豎起來的中指，誰要關心一個時刻把我當儲備糧食的禽獸啦！

葉紹一躍上岸，並沒立刻抱起我來，而是笑咪咪道：「說起來，本王這次死裡逃生，成功扳倒了蕭王一派，還要多謝阿硯妳。」

好長的一句話，我好像聽到了什麼不得了的事情呢！這種齊國的朝政機要你完全沒必要對孤這個荊國國君說啊！從立場角度上來看，我們倆應該算政敵！政敵懂嗎！從私人角度上來看，我也一點都不想成為你的樹洞對象，在你傾訴過癮後被一鏟子填平了啊！

當機立斷，我背身把自己重新沉入水中，假裝人不在。

「……」

剛剛，他說的多謝我是什麼意思呢？

我慢慢蜷起尾巴想擺個沉思者的姿勢，然後——

痛痛痛！！

我強睜著痠腫的眼睛，在多災多難的尾巴上尋找疼痛的源頭。翻來覆去後，我在靠近腰部的魚鱗下發現了一條細長的傷口，一看即知是被利器割過。傷口本來敷了藥膏，但被我一折騰，傷口重新裂開了，一縷細細的血流混入水中。

娘呀！我暈了一覺，就被割腎了？

腋下忽地攏上雙手，嘩啦一聲，葉紹將我從水中抱了出來，他淡淡道：「傷口裂了吧？別浪費了。」

什麼別浪費了，我莫名其妙。就見葉紹濕漉漉的腦袋驀的低了下去，緊跟著傷口處貼上了條溫軟的東西，輕輕的在舔舐。轟的一下，我的臉和脖子著了火，面上火熱的溫度燙得我不敢低頭去看。

不對，這不是害羞的時候好嗎！

巴掌才揚起，一絲疼痛鑽入肌理，我腰一軟，嘶了聲。

原來方才充滿「色情」意味的舔舐，變成了吮吸……(￣_￣|||)

我嚇尿了好嗎！這齊國儲君莫非也不是個正常人類，而是個……蝙蝠精？原諒我一生放蕩不羈腦洞大……

葉紹沒折騰多久就放開了我，指腹揩去唇角的血跡，嘖了聲：「味道不怎麼好。」

我面無表情的看他。

真對不起啊，讓您有了這麼糟糕的味覺體驗。

大概是看出我的臉色太難看，葉紹興致疏懶的拿著起一旁鬆軟的絨布，刷的抖開，把我包了起來擦水，邊擦邊道：「書中記載人魚肉可使人長生不老，而人魚血則可治百病。這次我被蕭王在郊外伏擊，多虧了妳這一小杯血。」他咋了下舌，回味了番，微微一笑道：「才使本王迅速痊癒，將蕭王一黨一網打盡，以絕後患。」

「……」

他笑眼中一閃而過的精光讓我胸口滯悶了一剎那。荊國再小也是五臟俱全的一個諸侯國，這些權謀鬥爭明裡暗裡從不曾遠離過我。只不過雲王室只有我一個合法繼承人，沒什麼哥哥弟弟姐姐妹妹的來鬧政變罷了。

葉紹與我不同，齊國是大國，根基越龐大，其中盤根錯節的關係就越複雜。他說的這個蕭王我亦是見過，算輩分應是當今齊國國君的弟弟，他的二叔。此人從小被前任齊國國君當武將培養，在我與他僅有的幾次見面之緣裡看起來是個粗人。

此刻從他的下場來看，確實就是個……四肢發達、頭腦簡單的粗人……

葉紹這次大難不死，表面上看是蕭王伏擊葉紹，想製造個什麼意外事故幹掉他這文武雙全的姪兒。反過來想，沒準兒是葉紹將計就計故意留給蕭王這個機會，讓他放心動手。要不然你說葉紹沒事緊趕慢趕的趕回晟陽，回來後也不去他爹那裡報到，就一頭跑進郊外？

我在心裡嘆了口氣，以我的智商水準，想從葉紹手心裡逃出不容易啊！不過，我現在比較在意另外一個問題……

把我搓來揉去的葉紹亦留意到我躲閃的眼神，問：「怎麼了？」

我裝死，梗著脖子就是不看他，但是掩飾不了的臉紅出賣了自己。葉紹很快發現了根源所在，他瞟了眼自己，竟然若無其事的繼續替我擦毛。

「……」

我氣急敗壞的想罵他不知廉恥，可惜的是，到目前為止我的語言能力僅恢復到能說出一個「水」字。

你說這人害不害臊！水浸透了他那層質地輕薄的中衣，幾乎是透明的布料緊緊貼在身上。上半身便也罷了，可下半身，下半身……

面目猙獰，形態可憎！

他扳過我的臉，嚴肅的看著我說：「作為一條魚，不要想太多。」

「……」

揉揉我的頭髮，他忽然感慨道：「怪不得手感這麼熟悉，我給小白也是這麼擦毛的。」

「……」

又氣又惱的我默默用尾巴捲住他的腳踝，把他丟進了水裡……

◆※◆※◆※◆

我的報復為我帶來了慘痛的代價，葉紹罰我吃整整三天的魚……

本來真身是人類的我並沒有他想像中的那麼排斥吃魚，吃什麼不都是吃嗎？但問題出在這三天從早到晚，烤的煎的煮的炸的，都是魚。第三天我以絕食行動抗議這種非人的待遇，神出鬼沒的茯苓遞來一張小紙條。

「妳不吃牠們，我就吃妳。」

「……」

我淡定的把紙條揉成一團拋到腦後，茯苓粗黑的眉毛聳動了一下，我敏銳的預感到他要告狀。所以我也寫了一張字條遞給他，他接過一看，面目扭曲了下，默默的退回陰影去做他忠實的隱衛了。

「哼，你要告訴葉紹，我就死給你看哦！」

我目前所處的位置俗名叫東宮，學名叫潛龍邸，是齊國歷朝歷代儲君的居所。

兩日前葉紹負傷歸來後，以「世子救命恩人」的名義把我接進了齊王宮，此後就再沒見過他的身影。想來也是忙著收拾他二叔那幫子餘孽，沒空理我。

作為荊國的國君，來這樣的地方還是頭一回，瞧什麼都很新鮮。

茯苓推著我的輪椅轉了一圈後，我發現葉紹的這個潛龍邸空曠樸素得有些出乎我的意料。據茯苓隻言片語的介紹，因葉紹常年南征北戰，一年之內很少留在宮內，所以偌大個宮邸看起來冷冷清清，沒多少人氣。比方說，過不了多久，葉紹似乎又被穆天子點過去出征北疆了。

聽到這，好像有什麼妙可不言的想法一閃而過。

唔，看樣子，孤得說服葉世子帶條人魚出征了！

孤的算盤打得很好，葉紹北征必經齊、荊兩國交界處的漣嘉關。只要挨著荊國邊界，我就有可能尋到機會逃出生天。

那麼，問題來了。

行軍打仗向來不准帶女子隨行，我該如何說服葉世子帶上我呢？

這個難題我思考了整整一個下午，未果。

倒是負責保護——監視我的茯苓，時不時從他那陰暗的小角落向我這邊探探腦袋，在我有所察覺前又飛速的縮了回去。這種舉動好眼熟啊，我苦苦沉思，等他如此重複了兩遍之後，一拍大腿終於想起來眼熟的原因了。

哎，這太像孤養在太液池中的那隻王八了！

算了，這種話還是不要告訴他好了……

在他第六次伸出脖子時，我終於沒按捺住自己的滿腹疑慮，刷刷寫下幾個字舉給他看。

「你在做什麼？」

茯苓冷不防被我逮到，滿面「我居然會被發現了！」的詫異，慢吞吞的走了過來。

喂，不要太低估我的智商啊！你這種明目張膽的監視讓我不發現也很難的好嘛！我也很驚訝，葉紹有你這種手下能活到現在也怪不容易的。

和茯苓交流是件很費力的事，我一度懷疑他是不是患有社交恐懼症。在我面前扮演近一刻鐘的冰山酷男後，他才艱難的組織好話語：「早上世子爺臨走時說姑娘妳眼神鬼鬼祟祟，肚子裡肯定有壞水，讓屬下多留意妳……」

「……」我默默的舉起來兩個字——「走開！」

◆※◆※◆※◆

落日時分，通紅的夕陽掛在高高的殿脊一角，幾隻老鴉抖抖翅膀，突然從枯萎的楊樹枝上嘎嘎飛起，飛入宮城上空越漸迷離的夜色。

這種場景我很熟悉，王宮這種地方大同小異嘛。荊國雖窮，頂多內部裝飾樸素無華些；齊國再富，殿宇輝煌也不能超過帝都中的穆天子。熟悉的場景勾起了我濃濃的思鄉之情……唉，往常這個時候荊國王宮早開飯了說！

不是齊王宮用晚膳的時辰晚，而是今天午後葉紹特意派人傳了話來，要同我一道用膳。若不是我目前的身分在潛龍邸裡實在說不上話，否則我一定替他備下一桌魚食等他臨幸！

等到月上梢頭，我趴在桌邊已睏得睜不開眼，葉紹才披著露水姍姍而來。他來了，還帶了一隻狗；帶了一隻狗就罷了，他還帶了一隻貓。

從一條魚的身分出發，我感受到了來自葉世子的濃濃惡意。

「本王這幾日忙得很，怕妳寂寞。帶了牠們來給妳解解悶。」葉紹粗暴的揉著我頭髮把我弄醒，分外溫柔的與我貼耳道：「瞧瞧，喜歡嗎？」

我冷冷看了他一眼，又冷冷的看向那隻從進殿起就對我齜牙咧嘴的黑貓。看什麼看！沒見過孤這麼貌美如花的美人魚嗎！

張牙舞爪的黑貓呆在原地，大概是沒見過孤這麼有氣場的一條魚。

哼！我轉過頭去，膝頭突然爬上來暖暖的一團，低頭一看，那隻名叫小白的京巴狗正使勁搖著尾巴，黏糊糊地蹭在我身上。

「咦，小白很少這麼主動親近陌生人。」葉紹很驚奇，摸摸小京巴的腦袋，他笑吟吟望著我說：「看來你們倒是挺有緣。」

我心突地一跳，有點心虛。我認識小白並不足為奇，葉紹他老爹齊王每次去帝都時都帶著牠，因為我和牠同屬於在那種大場面上存在感薄弱的小角色，故而結下了深厚的革命友誼。我們經常一人一狗坐在角落裡，望著滿目衣香鬢影，我感慨著貧富差距，牠附和著汪汪兩聲，配合默契。

幸而葉紹並沒有在此多做文章，在金盆裡淨了手漫不經心問道：「今兒一天找了些什麼樂子？」

他不說，我倒是忘了有求於他的這事。看樣子葉紹心情不錯，不知道又是哪個倒楣蛋犯在了他手裡，可憐可憐。撫摸著小白，我默默的尋找著一個合適的話頭。突然尾巴尖一陣劇痛，我低頭，那隻黑貓不知道什麼時候無聲無息的潛伏了過來，一口利齒穩穩的咬住了我的尾鰭。

「……」

我與黑貓對視片刻，牠揚起利爪，看起來想在我金光閃閃的鱗片上磨一磨，登時我臉刷的白了。我哆嗦著想揮開黑貓，結果牠一爪子就撓了過來，成功的在我手上留下幾道血淋淋的爪印。

好嘛……我命運中的宿敵終於又多了一個……

我的異樣引起了葉紹的注意，他竟然嗤笑了一聲，儼然樂不可支。

你還有沒有人性啊！你知不知道你的救命恩人正面臨著巨大的魚生危機啊！

正在此時，通體漆黑的大貓鬆開了我的尾鰭，張口往我尾巴上咬去，我驚悚得渾身都僵住了。

「滾開。」葉紹一腳踢開了牠，大貓在地上滾了兩滾，他傲慢又冷漠道：「本王養的寵物魚還輪不到你下口。」

我：「……」

我心情很複雜……誰是你的寵物魚啊！

趕走了大喵耍完帥，葉紹面色如常的繼續用膳，他還頗為遺憾道：「本想給妳找個樂子打發時間，不成想是個沒馴熟的畜生。」

我繃緊著臉一句話也不說，自上而下揮發著生人勿近的氣場。

葉紹擱下筷子，亦是冷冷道：「別給本王擺這副死魚相。」

「……」

我抱著受傷的尾巴紅了眼眶，葉紹冷冰冰的與我對視了一會兒，他嘆了口氣：「好吧，是我不對。我也只想逗一逗妳罷了。」

我就知道你是這種把自己的快樂建立在別人痛苦上的渣！

一頓晚膳用得不了了之，葉紹沒吃兩口就讓人撤了下去。我不想理他，繼續四十五度角望著窗外明月，充當一條高冷而憂鬱的美人魚。葉紹過來照例抱我去泡澡，我沒有反抗也沒有理他，由著他抱進了水池子裡。

從頭到尾我都沒有看他一眼，進了池子我就迅速的沉入水中，沒安靜一會兒，水面呼啦一聲響，葉紹也進來了。我剛想游走，尾巴一緊……

受制於人，沒轍，我被拉回了岸邊。葉紹並沒有完全入水，他坐在蓮紋石臺上，手裡拿著個青色瓷瓶。那瓷瓶我眼熟，前幾日葉紹都用其中的藥膏抹我腰上的傷口。腰上的那口刀傷已然癒合、連道疤都沒有，葉紹此時拿來它，說：「手。」

我沒出聲也沒動，葉紹也不生氣，揪著我尾巴把我拖到身前，逕自拉過我被貓撓傷的手，翻過來看看，他唔了聲：「居然沒有流血？」

這種濃濃的可惜之情是怎麼回事啊！到這個時候還覬覦著我的血！

我憤然抽回自己的手，葉紹低喝了一聲：「別亂動！」

然後我就沒動了，不是我不想動，而是他力氣太大我抽不動啊！

葉紹垂著臉在我手上塗塗抹抹，樣子分外的認真細緻，乍一看就是個貼心溫柔小清新暖男！可其實他是個渣，還是人渣中的渣。

「說吧，有什麼事想求我？」

葉紹抹完藥膏沒有鬆手，握著我的手微微抬起眼，那雙稍顯狹長的鳳眼含著笑，笑得我心陡然一緊。

他撫過我黏在頸邊的濕髮，語聲低柔：「糾結了一下午，晚上又演了這麼久的苦情戲，不就是有求於本王嗎？說吧，想要什麼？」

「……」

我的心底微微發涼，是所有想法無所遁形的涼，更是一種「好歹孤也是一國之君就這麼輕輕鬆鬆被他智商碾壓了」的心涼。

葉紹輕柔的撫摸我的臉頰，「人傻演技又不好，幸好只是條魚。」

「……」

雖然他說的是事實，但從這人口中說出來怎麼就那麼討厭呢？

苦肉計既然被拆穿，便沒必要與他虛與委蛇下去，我趴在池邊的案上拿過紙筆刷刷寫下一句話：「我要和你一起走！」

不出意外，葉紹一口否決：「行軍打仗帶個女人成何體統？」

我理直氣壯，飛快應對：「我是條魚！」

這回輪到他無語了，不久道：「那也不行。」他絞著我的長髮，居高臨下的看著我，「妳看妳又蠢又沒用，此去北疆之地千里荒涼，從哪找來那麼多的水養著妳。」

「……」

我忿然咬著筆頭苦思冥想帶我同去的理由。

葉紹不緊不慢的開了腔：「真想去？」

哎喲，這微微勾起的尾音，這撲面而來的陰謀氣息，就差直接對我說——「來吧，少女，坑我已經挖好了，來跳吧。」

然後，我還是跳了。

我猶猶豫豫的點了頭。

「求我啊～～～」葉紹單手支腮，嫣然一笑。

不對啊！這情節怎麼就急轉直下從勾心鬥角的權謀劇變成了霸道世子愛上我了呢？接下來是不是他就要衝著我邪肆一笑，敞開衣服說：「來吧，女人，取悅我。」

孤整條魚都不好了，好嗎！

我為難的看看自己金色的大尾巴，再看看疏懶閒逸等著的葉紹，實在是有點難度。

葉紹意興闌珊的睨了我一眼，「既然這麼勉強，那便算了吧。」

這齣戲碼好熟悉啊，之前在海邊撿到我，他也是這副死相吧！有句哲言是「人不可能兩次踏入同一條河流」，可我就偏偏不得不在葉紹這條河裡濕兩次鞋！

「嗯？」

他還催！

我咬牙寫下三個字：「求你了！」

「沒什麼誠意。」

葉紹看都沒看。

「……」我惡狠狠的瞪了他一眼，換了張紙，「求求你了嘛～」

「誠意還不足。」

葉紹擺明是刁難我。

我吸了口氣，拿著那張「求求你了嘛～」雙手環著葉紹的脖子搖了搖。

葉紹沉默了一會兒，說：「妳求人之前先把尾巴從我身上鬆開好嗎？」接著他又似笑非笑道：「妳到底是求本王，還是想勒死本王？」

噯，不用想都是後者好嗎！

◆※◆※◆※◆

葉紹最後答應了我的請求，但是他也提出了一個要求——齊王和齊王后想見一見我這個葉紹的救命恩人。

我有點為難，因為我考慮到這兩位老人家的年齡，不太確定他們是不是能接受我這條魚尾巴。

葉紹嗤之以鼻：「難不成妳以為我會告訴他們妳是個人魚嗎？」

我一想，也是哦。這說出去，齊王只會讓葉紹多吃點藥治治神經病來著，雖然我認為葉紹已經需要吃藥來治一治他的心理扭曲。

所以我欣然答應。

換著朝服的葉紹側目過來，說：「妳答應得倒是爽快，我父王登基數十年，周邊諸侯包括穆天子無不敬他三分，又或可說是畏他三分。莫說尋常女子，便是朝中臣子見了他皆是畏首畏尾。」

哪有啊！我莫名其妙的看著他。

齊王明明是個和藹可親的死老頭好嗎～

第三章

我不要錢債肉償啦！

和藹可親……

眼皮不由自主一跳，我似乎遺漏了一個很可怕的事實。齊國於我是陌生的，但齊國的某些人我卻早打過了照面，比如葉紹他爹……齊王。除此之外，齊、荊兩國之間走動的某些臣子也是見過我的。

萬一被齊國人發現了我的身分，其他人不說，單單葉紹這一關我就過不了。我該如何向他解釋孤放著好好的國君不當，跑到海邊變成了一條金色的美人魚？情理、道理和科學理論都說不通啊！

萬一他鬼畜病犯了，在我頭上安個間諜罪、不問青紅皂白就把我砍了，我們雲王室就斷後了好嗎！齊國兵強馬壯，而我大荊國——人窮膽小，故而我很懷疑穆天子那老不死睜一隻閉一隻眼，任由葉紹草菅了孤這條人命。

葉紹整飭好衣裳轉過身來，說道：「妳在潛龍邸這幾日多少也學了點宮中規矩，一會兒……」他看著我高舉的紙板，頓了頓，好似沒看見一般自顧說道：「父王最重禮儀……」

「……」勃然大怒的我甩開紙板。

不管啦！反正我不去就是不去！有本事你把我拖去好了！

葉紹沒有喪心病狂的拉著我的尾巴一路把我拖去乾明殿，而是淡定自若的遣了幾個僕從，抬起我的輪椅把我抬了過去……他坐在另一邊的步輦上對我悠悠一笑，我懂他笑容裡的意思——「我可是有一百種整死妳辦法的男人！」

那一刻我真想大喊一聲：「孤是和你爹平起平坐的荊國侯，現在跪下抱著我大腿認錯還不晚！」

可是有句話說得好，強龍壓不過地頭蛇，這是葉紹的地盤。孤，認了這個孬！

乾明殿位在理政殿右後方，從孤掌握的情報資料來看，此處是齊王接待與宴請外臣的地方。我被挾持過來時，乾明殿內外一片兵荒馬亂，侍從和宮女忙裡忙外亂竄，內裡隱隱約約有哭聲傳來，這麼大動靜搞得孤以為齊王要掛了似的……

莫非齊王先一步知曉了孤的身分，又驚又嚇心臟病復發？

我琢磨著轉頭去探尋葉紹的臉色，哪曉得眼前一花，葉紹已躍下步輦，一路奔向殿中。他的背影凌亂而倉皇，看起來極是慌亂。這還是我第一次見到這樣失態的葉紹，這個男人在任何時候都是從容不迫的……扮演著喪病的反派角色，卻沒想到他居然還是個孝子……

出人意表，委實出人意表。

不要怪我把葉紹想得太黑暗，大家都是從王室這個旮旯裡出來的，誰也沒比誰出淤泥而不染。為了王位，兄弟殘殺、弒父弒叔的多得是，你瞧前不久葉紹不是剛幹掉了他那倒楣二叔嗎？

至於孤這種異端，用梁太師的話說，能愉快的在王位上坐到現在，純粹是因為荊國朝臣和他們的國君一樣情商智商普遍低下，擱其他國家，早被有野心的臣子推翻千八百遍了……

雖然他說得很有道理，孤也不得不指出，他也是那群普遍低下中的一個。

被留下的我呆呆坐在輪椅上，因為我坐得不動如山太過淡定，奔走的侍從中不時有人向我投來探究的眼神。探來探去，約是嫌我占著道太礙事，有個小頭頭模樣的內侍尖著嗓子問：「姑娘是哪家的？」

我默默看了他一眼，從寬敞的袖中拿出炭筆和紙徐徐寫下一行字：「不要管我，我就是個打醬油的。」

「……」小頭頭臉色剎那難看起來，語調也拔高了許多：「姑娘，不管您是誰家的，尋個地兒避避吧。要不然待會耽誤了事又或者衝撞了某位貴人，您可就攤上大事了。」

他刺耳的話音未落，貴人說到就到。象徵著王后儀仗的輦轎接著我和葉紹就來了，叮叮噹噹寶石撞擊的一陣響，香風飄過，齊王后亦是慌張的奔入殿內。她的表現比之葉紹又是誇張上許多，一路小跑一路還「君上君上」撕心裂肺的哭喊著。

方才見她下輦時臉上還乾乾淨淨，一下來淚如泉湧，這種哭功叫我看得目瞪口呆。尋思著等事情了結後向她討教兩招，日後等穆天子掛了孤也能收放自如的表演一齣，沒準兒新天子看在孤的誠意上多賞點封地下來呢！

這個齊王后，孤也見過，說起來還多虧了葉紹，不是從小就一肚子壞水的他，我也無緣對這位齊國政治地位最高的女性如此印象深刻。畢竟捉姦這種大場面，不是每個七歲小孩都能有幸撞見的！

十年時光，葉紹從個腹黑小屁孩長成了一個鬼畜青年。而這個曾經明豔如花的女子，身形已不復當初窈窕，在方才擦肩而過的一瞥裡，她的眼角已經鬆弛，而唇角也布上了細紋。因為齊王后的表現，現在我又開始懷疑剛剛的葉紹是不是也只是為了應和場景而發揮他深藏不露的演技。

齊王后的到來，在混亂的場面上又澆了一把油。所有人的注意力都集中在幽深的乾明殿內，被遺忘的我很矛盾，是留下來看這齣家庭倫理大戲呢，還是趕在心情敗壞的葉紹出來前偷偷溜回去。

稍作判斷，我選擇了前者，原因很簡單，我不識路……

我左觀右望，挑了個偏僻的小角落，默默的轉著輪椅把自己藏了過去。

◆※◆※◆※◆

從乾明殿裡出來的太醫已經換了三撥，第一撥直接是豎著進去、橫著被拖了出來，淋漓鮮血灑了一路，宮人匆匆抹去，仍留下淡淡粉色；第二撥情況比較好，豎著進去、斜著出來，看上去性命無憂，頂多是個五級傷殘；第三撥進去了到現在還沒出來，估摸著齊王性命是無憂了。

果不其然，一個侍從匆匆奔了出來，對外面站著的一排大臣嘰嘰喳喳的說了一通。大臣們各個如釋重負的面露喜色，當然這其中有幾個是真心實意的我就不曉得了。

在等候的這段時間內，我也不是全然在發呆，從路過侍從的隻言片語中，我大致分析出了事情的概況。

齊王的身體在早年征戰殺伐中累積下來了病灶，近幾年已不大好了。老人家嘛，年紀上來了容易多愁善感，原來齊國的世子掛了的時候他就痛心良久，這不前兩日他那令人煩心的弟弟謀反被葉紹殺了，他又是痛心疾首一場。反反覆覆，病灶驟發，根據侍從的描述，八成是中了風，躺在床上起不來了。

所以，關鍵點來了。家不可一日無主，國不可一日無君，一國之君神志不清的昏迷著，這國事誰理呢？從情理上講，這個重擔自然是交給儲君葉紹再合適不過。但壞就壞在王后和國舅不服。

齊王后如今年有三十，一看就不是葉紹的親媽，她是齊國五王子葉嶺的親娘。所以事情就明朗啦！葉嶺年紀不大，但是他娘正是年輕力壯時，又有個官居一品的親舅舅，加上齊王還挺疼這個娃的，所以齊王后的意思是——

老頭子在昏迷前提過好幾次改換儲君的話了，這時候他昏迷不醒，怎麼能隨隨便便罔顧他的意思，把國政託付給葉紹呢？

家家有本難唸的經啊！我感慨著，忽然想起來，剛剛自己不是說國不可一日無君？孤都消失那麼久了，怎麼荊國那邊一點風聲都不漏呢？孤就那麼不重要嗎！！！

一來二去，人進人出，我拖在地上的魚尾已經凝上了一粒粒露珠，葉紹始終沒出來的意思。看著看著，我眼皮不禁打起架來……

「喵！喵喵！喵喵喵！」

「……」

才閉眼就被吵起來的我黑著臉看向草叢，綠油油的冬青叢裡蟄伏著個灰色陰影，不作他人，是茯苓……

茯苓看我又提起了精神，迅速縮身化入陰影了。

有必要這樣嘛？你們世子為了前途在奮鬥，又不關我的事……

腹誹還沒完，一個內侍站在殿前左望右望，瞄見了我一個振奮，弓著腰小步跑來，細聲細氣道：「姑娘，世子爺有請～」

「……」這個時候請我去做什麼啊！

我突然生了個不祥的兆頭，葉紹這廝不會為了救他爹要割我一塊肉下來吧！？雖然救人一命勝造七級浮屠，可從我之前就受傷的尾巴來看，一身血肉的我絲毫不具備再生能力呀！

我瞧瞧自己藏在襦裙下的尾巴，打了個寒顫。

縱然千般不願，在葉紹的淫威之下，我被迫被推入了乾明殿內。

殿內燈火晦暗，赭石色蟠龍帳幔一層垂在一層之後，像一扇扇沉重的大門，將光與暗、裡與外、還有生與死……分割得清清楚楚。

隔在外殿後的暖閣並沒多大，跪在一起竊竊私語的是命苦的太醫們，齊王后半跪半趴在榻邊，手裡緊握著齊王枯瘦的手。葉紹一人獨獨站立，他身著玄色的世子服，在光影的襯托下像一座高挺的石像，他的表情也如石像般冰冷而堅硬，唯有嘴角噙著一抹極淡的笑，那笑的意思我瞬間又懂了！

——**爺心情不爽，擋我者死！**

可惜齊王后對他這個繼子的瞭解程度遠不如我，她趴在榻邊哭哭啼啼，腫著眼睛瞪向葉紹說：「君上還未仙遊，世子這般迫不及待總攬大權，是否太過心急？不怕背上不忠不孝不義之罪嗎！」

「本王是父王親筆封賜的儲君，在父王病危之際總領朝綱合情合理。剛才太醫的話，妳也聽見了，父王深陷昏迷，不知何日才醒。帝都與其他諸侯覬覦我齊國已久，若給他們留了這個可趁之機，敢問王后妳擔當得起嗎！」

跪著的太醫們刷刷的齊齊點頭，齊王后恨恨的瞪過去一眼，太醫們又刷刷的低下頭。

我：「……」

齊王后被葉紹問得啞口無言，絞著帕子咬唇不語。

喂，你們把我喊過來就這麼晾著我，真的好嗎？時間不早了，我要回去吃飯了……

齊王后丟掉帕子，咬牙切齒的哼了一聲：「本宮是個婦道人家，自古又有後宮不得干政的規矩，朝政一事不便多說。但本宮也知曉，聖人有言，齊家治國平天下。世子連一房妻眷都未娶，子嗣亦未有，繼承大統也怕不妥當吧。」

葉紹嘴角微微一翹。

要死要死要死了！我心道不妙。

不給我溜之大吉的機會，葉紹已將視線調轉過來，「誰說本王沒有妻眷？」

齊國儲君葉紹，年方二十，評為穆朝第一鑽石王老五已有數年之久，目測在他大婚之前是掉不下去這個寶座了。而非官方調查結果顯示，戰功赫赫同時又有張俊臉的葉紹，是穆朝少女最想嫁和少男最想搞基的對象。

孤芳齡十七至今未嫁，那是因為封建迷信阻礙了孤脫離單身的步伐；而葉紹至今未娶，就很有點問題了。撇去其他明裡暗裡想和齊國聯姻的諸侯國不提，光是穆天子那邊，打葉紹成年後據我所知不止一次試圖把他的寶貝女兒嫁來齊國，但每一次都被齊王委婉而堅定的拒絕了。

以齊王的立場，和皇室聯姻是個穩賺不賠的買賣，自然求之不得。故而這種拒絕肯定不是他的意思，那便是葉紹不肯了。

葉紹的婚姻問題成了穆朝八卦界最大的謎團之一，有的人猜測如葉紹這般偉岸的男子不肯吃皇家軟飯；也有人猜測葉紹已有了心儀女子，因為某種緣故兩人不能結合，只能相思相望不相親；更有人猜測葉紹壓根不喜歡軟妹，而是喜歡壯漢！

眾說紛紜，在孤看來，這個問題其實有一個很簡單通俗的答案嘛。

思及此，我的視線飄過葉紹的下半身……嘁，不行唄～╮(╯▽╰)╭

神遊須臾，在齊王后放出的刺骨殺氣中我立刻魂魄歸位，心中把葉紹罵了個千萬遍。他這招禍水東引太始料不及，我尚未想好應對之策，管不住的腦洞又開了起來——我和葉紹之間真要嫁娶，誰娶誰嫁呢？從性別上來說，根據一般情況，我是要嫁的；可從身分上來說，孤作為一國之君，萬萬不可能嫁去他國，這樣來說，其實葉紹應該算我的妻眷？

這些還不算什麼，我又忍不住看看葉紹的下半身，又看看自己的下半身……

兩個受在一起是沒有幸福的啦！

「世子這是在跟本宮開玩笑嗎？」齊王后不吃葉紹這一套，抹得鮮紅的雙唇對我擰出個譏諷笑意，「一國儲君的婚姻關乎國政，更遑論我齊國。為了早一步繼承大統，隨隨便便從鄉野裡拉出個小丫頭就能充當世子妃、未來的國后？」

這話我不能忍啊！孤雖說是小國出身，再不濟也是個接受了十七年王室教育、充滿王霸之氣的國君好不好！這是誹謗！

我氣鼓鼓的扯出紙筆，稍作構思準備嚴詞反駁一下她的侮蔑。

垂幕一動，不大寬敞的內殿又進來兩人。大的穿著紫色官袍，五官與齊王后有神似之處，不難猜想此人即是那位有權有勢的國舅齊珂，讓我驚訝的是他的年紀看上去非常年輕，原來不是王后的哥哥，而是弟弟。小的身量不高，但一襲蛟龍袍足以讓我猜出他的身分——葉紹的五弟葉嶺。

估摸著這位年輕的國舅爺在外等得太久，猜到內殿裡情形膠著，便帶著葉嶺過來替齊王后撐腰。

「二哥……」葉嶺牽著他舅舅的手怯生生的問：「父王還好嗎？」

葉紹沒有吭聲，一個眼神剛遞過去，葉嶺咻的縮到國舅背後，一看就知平常沒少受葉紹這廝的虐待。

嘖嘖，可憐這小娃娃，小小年紀就活在葉紹這個鬼畜的陰影之下。

「哼。」葉紹從鼻腔裡發出冷冷一聲，他這德行不愧是齊國敵對傳言中那個人人談之色變、夜止兒啼的冷面煞神。嚇唬完了葉嶺小朋友，他環著雙臂好整以暇的對上齊珂，說的話卻是一點都不輕鬆：「國舅未奉召即入殿，不怕明日就入御史臺大牢嗎？」

齊珂見著葉紹倒是規規矩矩的行了個大禮，方徐徐應道：「五王子在外等候良久心焦不已，臣恐他憂心過度便擅作主張帶他進來探望君上。」

這個齊珂也不是個善類嘛，明明是自己擅闖內殿，卻拿外甥當藉口。場面一下從二對一，變成了三對二。人數上我和葉紹落於下風，哦，有條尾巴的我只能算半個人來著……

齊王后一看兒子、弟弟都來了，頓時容光煥發，整個人的氣場都不一樣了。不容葉紹這個妖孽作法，她先行一步將方才發生過的事詳詳細細哭訴了一遍。有葉紹在，她也不敢多添油加醋，只能一臉嫌棄的鄙夷著我的身分，總之我這個不曉得從哪冒出來的村姑，是完全配不上他們高大上的齊國世子葉紹的。

表面上她是為了齊王室和葉紹的體面著想，實際上不過就是想讓齊珂和她一同阻攔我成為齊國的世子妃，因為按照葉紹方才的表現來看，大婚之後他就要名正言順的登基為王了，到時候哪還有她和葉嶺屁事啊！

而孤呢？孤當然很憤慨啦！你們討論嫁不嫁、娶不娶時，罔顧我這個當事人的意願真的好嗎！再說了，就憑孤一國之君的身分，葉紹娶我是他賺了好嘛！暴發戶嫁女兒都是陪金陪銀，我嫁人是陪一個國家！就憑這霸氣側漏的嫁妝，妳說！妳憑什麼鄙視孤！孤不服！

齊珂果然很上道的皺起眉看看我，「世子大婚確實關乎國本，實在不能如此草率決定。」

葉紹既然冷不丁的說要娶我，必然想好了萬全應對之策，只聽他侃侃而談：「阿硯是本王的救命恩人，我與她的婚事在父王康健之時已稟奏於他，父王當時雖未下旨，卻已頷首同意。這有何不妥？」

睜眼說瞎話啊這位大哥！你老爹躺床上昏迷不醒，是與不是全憑你一張嘴！

齊王后和齊珂又不是智障，當然不信。齊王昏迷不醒不能求證沒關係，齊珂見招拆招，又將話題繞回原處：「君上既已應承此事，那不妨等君上醒來後再議不遲，何況……」

齊珂望向我，欲言又止，顯然還想在我身分的問題上做文章。

葉紹突然哈哈大笑，嚇得我們皆是一愣，他似嘲似諷的看向他們，「明明是歌姬之後，如今卻拿捏身分二字惺惺作態，真真貽笑大方。」

從齊王后和齊珂倏然變化的臉色來看，葉紹給了他們會心一擊。

葉紹不再理會他們，大步走來將我一把打橫抱起，留下冷冷話語：「本王要娶的女人，必然是最尊貴的女人。」我心跳一亂，隨即他又冷冷的道了句：「出身？呵呵。」

於是，我就這樣在眾目睽睽之下被葉紹耍著帥抱出了乾明殿。

望著葉紹劍眉星目的側臉，我有點回不過神來，臉頰上有點燙。女人嘛，多少都有點虛榮心，尤其是被人當眾表白，哎呀，好害羞的說～

我正想嬌羞的捂一捂臉，忽然葉紹把我往轎中一丟，說：「好了，妳回去吧，本王還有事要處理。」

哎……哎！？？？

劇情不對啊！接下來不應該是他深情款款的握著我的手說：「妳放心，就算妳是條人魚，本王也會讓妳成為穆朝第一條坐上后位的人魚！」想想就有點小激動呢！

撒狗血撒一半很不負責好嗎！考慮過觀眾和我這位女主角的心情嗎！

我搞不清楚狀況的呆呆看著他，旋身要走的他頓一頓足又轉過身彎腰，挾著笑說：「很激動？」

「……」剛剛是有點，但現在看你這副鬼畜的表情，激動早變成了心煩……

他捏著我的臉往旁邊扯一扯，還搖了搖，「剛才也是無奈之舉，王后和國舅覬覦我這儲君之位已久。父王這次中風，十之八九是他們搞的鬼。本王不能給他們任何可趁之機，不巧的是本王身邊也沒有其他合適的人選。」

然後，他看看我的尾巴，說：「拿妳充個數吧。」

充數！？我抓狂，這叫玩弄少女純潔無瑕的芳心！！！就算戳瞎我的眼我也看不上你！但從小到大，這是孤第一次被表白，不，被求婚好嗎！為此，我還遭受了你那晚娘和晚舅舅的人格歧視！

我眼中燃燒的憤怒終於引起葉紹的注意，他閒著的那隻手又捏住我左邊的臉，往兩邊都拉了一拉，「他們說的話妳當放屁就好了啊，乖。」

我：「……」

察覺到自己敷衍得太明顯，葉紹又補上兩句：「他們的目的是阻攔本王登基，不在於妳。再說，小丫頭……」他嗤笑了下，望望我的胸，「是挺小的。」

「……」

葉紹這種損己不利人的隊友，真的讓我好想站到齊王后那一隊去啊……

「最近吃多了吧，變胖了，晚上不准吃飯。」

這是葉紹鬆開我臉離去前的最後一句話，讓我使勁攥了下拳，我一定要找機會棄暗投明！

◆※◆※◆※◆

齊王這一昏睡就沒有醒的徵兆，這讓葉紹本來定下的出征計畫一推再推，致使我的歸國之路渺渺無期。葉紹成日忙於打擊齊王后和國舅的勢力，我連見上他一面的機會都難找。問茯苓吧？罷了，問他還不如問潛龍邸門口那座兩石獅子……

無奈之下，我只能努力收集零碎的資訊來試圖瞭解沒有我坐鎮的荊國現狀，可得來的結果往往讓人憂傷。

關於荊國，齊國人談論最多的就是：

荊國什麼時候還我們的錢啊？

累、感、不、愛！（注：「很累，感覺不會再愛了」的簡稱。）

我百無聊賴的伏在樹蔭下曬太陽時，躲在牆角的茯苓突然一躍而起，三步併兩步跳到我頭頂濃密的枝葉裡，完美的隱藏起身形。

我：「……」

才想問他幹什麼啊，宮女突然來稟報：「姑娘，國舅爺求見。」

哦……我看看樹冠，抽搐了下嘴角，這麼光明正大的聽牆角我還真是第一次見到。

齊珂這個人，孤曾略有耳聞。他是齊國朝中士大夫裡迅速竄紅的一個新貴，宮中有個王后姐姐，所以發家歷史並不多新鮮。扎扎實實的裙帶關係，不可抗拒的枕邊風！

在我的腦補中，齊珂的形象應該是個娘炮，靠女人上位的嘛。

近看，齊珂的相貌其實沒想像中的那麼差。只要不和茯苓這種粗獷硬漢站在一起……我在心中默默補了一句。

「雲硯姑娘。」

齊國舅顯然有備而來，將我的「底細」打聽得清楚。

坐在輪椅上的我看了他一眼，眼角瞟了瞟頭頂，默默點了點頭。

齊珂對我的反應有些意外，他也是個見過大場面的人，很快神態自若的說道：「聽說姑娘是世子的救命恩人，那便是我們齊國上下的恩人。聽王后說君上本有意嘉賞姑娘，但事發突然……」

他沒有再說下去，眉間隱隱滑過一抹憂色，轉而道：「有所怠慢了姑娘，望姑娘莫怪。」

不對吧，國舅爺。從你的立場角度，真認定是我救了葉紹，站在我面前的你現在恐怕早已規劃出了七七四十九種把我大卸八塊的想法了吧。

作為一條機智的人魚，這種話我肯定不會說出口的！於是我默默看了他一眼，搖搖頭。

一瞬間齊珂的臉色不太自然。

想來大概是我的反應太過冷淡了，略一停頓，我慢吞吞的從袖裡摸出筆和紙板，一筆一劃工整的寫了個「哦」字，舉起給他看。

「……」

咦，他的表情為什麼更僵硬了？

短暫的僵硬後，齊珂臉上忽然浮現出極大的震撼，「妳是個啞巴？」

年輕人啊，就是不淡定。要是給你看了我的尾巴，以你這不堪一擊的承受能力，馬上就會和齊王並肩安詳的躺在一塊了。

「這成何體統？太荒唐了。」齊珂嘴中唸唸有詞，唸完即覺不妥，他略有些尷尬的解釋道：「雲姑娘請莫多心，我雖是王后的弟弟，但並沒有想過要針對妳。」

我點點頭，目前為止他的眼神一直很坦蕩，沒有流露出半分歧視來。所以我又重新舉起那塊寫了「哦」的紙板給他看，表示孤心很寬。

「……」看著那塊紙板他又噎了噎，隨即正色道：「姑娘應該知曉我此來的用意。」

我茫然的看他，他嚴肅的低頭看我。對望片刻，我誠實的舉起三個字：「不知道。」

齊珂的表情看上去扭曲了一剎那，就這一剎那我讀懂了他的內心。他臉上分明閃過「她一定是在玩我吧，一定是吧！」的表情。

蒼天可鑑！孤已經很努力的與你進行這種跨物種的交流了！

他嘆了口氣，好似放棄了試圖與我進行「心有靈犀」這種高水準的交流方式，面容微微緊繃的對我說：「既然如此，我不妨直話直說了，此次前來我是想勸姑娘離開世子。」他停頓著觀察了下我的容色。

我剛舉起那個「哦」字，他匆匆撇過視線，趕緊繼續往下說：「我並非是瞧不起姑娘的出身，然而後宮之地絕非妳想得那麼簡單。世子繼承大統後，必少不了納娶臣子之女，甚至是別家諸侯之女。姑娘家朝中無人，軍中無將，即便身為國后，想在後宮立足，其中千難萬險不足道盡。」

他說完後，看著我，眼神深沉而內斂。

我舉起牌子：「然後呢？」

「……」

他吸了好幾口氣。不曉得是不是錯覺，我感覺頭頂上有人也吸了好幾口氣……

齊珂語氣微微變冷：「世子年輕，一時耽溺於情愛中，日後後宮新人不斷，姑娘怕不會再有今日光景。」

我大驚失色，現在天天受葉紹精神肉體雙重折磨也就罷了，還有日後？

齊珂一看我變了臉色彷彿見到一線生機，擰成個結的眉頭稍稍寬鬆，「若姑娘離開世子，本官給姑娘備下了千兩足金，可保姑娘與家人生計無憂。」

這角色代入不對啊國舅爺！不是應該由葉紹的親爹或者親娘過來，啪的拍給我一張銀票說「這是一千兩黃金，離開我的兒子！」嗎？

雖然知道齊珂不大可能抱著一麻袋黃金甩我臉上，但沒有實物在，實在沒有什麼說服力，所以我果斷的搖搖頭。

齊珂臉色一沉，「兩千兩足金，貪心不足蛇吞象的道理姑娘應該懂的。」

兩千兩對我個人來說算多了，可算一算今年年中淮河要疏通，年尾要為老爹修葺皇陵，還是有點少……

大家都是痛快人！兩千五百兩好啦！我挑了個自認為雙方都能接受的價，正要愉快的寫下價碼。

久等不到我回應的齊珂霍然起身，神情難看道：「既然姑娘執意不肯離開世子，本官也別無他法，姑娘便請珍重吧！」

說罷，他決然轉身，留下才寫了個「㒳」字的我怔然相望。

一片枯葉在風中打了個轉落到我額頭，我一個激靈醒過來欲哭無淚。

別走啊英雄！我們還可以再商量的呀！兩千五百兩嫌多，打個九折也是無傷大雅的嘛！

齊珂走得看不見背影後，茯苓才蹭的一下落到地上。他默默的站了一會兒，眼神深邃的看著我道：「沒想到妳對世子那麼情深意重。」

我忙著為失去的兩千兩百五十兩黃金痛心疾首，沒顧上搭理他。過了一會兒，我回味過來他說了什麼，迷茫的看他，蛤？

他堅定的望著我，「放心，我定會和世子詳詳細細說出今日之事。」

咩？？？其他不說，就你這語言表達能力，我很擔心你這詳詳細細的成分。

咻的一聲，茯苓已然縮回角落中。

「……」

◆※◆※◆※◆

與齊珂沒頭沒腦的會面後，用了午膳我躲到沒人的地方替魚尾澆了點水。秋天來了，齊國這種北方國家氣候乾燥得緊了，澆完水我摸了摸魚尾，又偷偷摸摸的掏出羊脂膏細細的抹上一層。

唔，女人就是要注重保養！尾巴也不要放過！

在荊國時，午膳後貼身伺候的雙福會捧來奏摺，批完奏摺，梁老太師會領著兩三位朝臣來商議國事和……哭窮。

到了齊國呢，日常生活就是吃吃吃、睡睡睡，偶爾在葉紹處理政務煩躁時充當一會兒魚形抱枕。這個過程是很心驚膽顫的，每次看著他陷入沉思時眼中閃爍的詭譎，我總擔心自己會從抱枕變沙袋……

葉紹為此輕蔑道：「明白的知道本王是養了條人魚，不知道還以為本王養了隻豬。」

「……」

孤也不想這樣啊！孤也想發奮圖強，成為一條新時代的勵志人魚！可沒辦法啊，總不能你批摺子時我探過個腦袋說：「哎喲，不錯哦，這個問題也有朝臣向孤提出過，需要分享點經驗給葉紹君你嗎？」

其實每每我趴在葉紹膝頭看他微微斂著眉翻閱奏疏時，心裡會有種很奇怪的感覺，好像透過別人的眼睛在看自己一樣。

父王薨逝後，我就坐在書房裡、他曾經的位子上看奏摺。

從小我就不是很會讀書的人，所以太傅們對我的要求很嚴格，為了達到太傅的要求，每晚讀書和看摺子我都要看到很晚。

葉紹和我不同，在每一國乃至帝都街頭巷尾的傳聞裡，齊國世子是一個足智多謀的高世之才。可每晚潛龍邸的書房都會燈火通明到很晚，有時候我捲著毯子睡醒一覺翻了個身，發現靠著的這個人依舊筆挺的坐在那，耳中是又輕又密的書寫聲。

在這個時候，我就有點明白為什麼齊國一年強過一年，強到足以令其皇權亦不得不避其鋒芒……

同時也明白，荊國為什麼一年窮過一年……

長長的午覺結束，我惺忪睜眼已是日光微黃。貴妃榻前的一丈外有片黑影，一動不動，神情隱忍的說：「姑娘……妳終於醒了……」

茯苓不會無故出場，我預感不好，決定假裝剛剛是夢遊，翻個身繼續睡。

遺憾的是他沒給我這個機會，迅速開口：「世子請姑娘過去一趟，他等候多時了。」

唉，我就說吧。

◆※◆※◆※◆

葉紹沒和往常一樣，回來就和帶著他的幕僚們往書房一窩，茯苓說他正在潛龍邸西苑內練劍。

我不由得感慨，在我看來，葉紹的劍術已經登峰絕頂，何須再練？還給不給別人一條活路了？

到的正巧，葉世子已收劍入鞘，汗水順著他的臉頰流過脖頸，再流過有力的腹肌，再……

我麻木著表情從他鬆垮的褲腰上挪開了眼神。

「聽說齊珂今天來找妳了？」葉紹拉過布巾胡亂在臉上擦了一把。

我點頭。

「他說什麼了？」

一提這我心情就不好！兩千多兩黃金就這麼從手裡飛走了，想想就心痛得不行。我氣哼哼的想寫個千兒百字的痛斥齊珂的小氣，一摸袖子，沒帶紙。

葉紹倒是心情愉悅，走過來輕輕的在我臉上摸了一把，「表現不錯。」

我一呆，仰起頭看他，剛剛是在調戲我？

葉紹沒多留意，哼著小曲推起我的輪椅，「走，賞妳和爺一起洗澡。」

誰要跟你一起洗澡啦！走開啦！

為了滿足我對於水的需求，葉紹特意將潛龍邸原先的浴房翻修了一遍，改造出一個碩大的溫泉池。四方各有一個昂起的龍頭，晝夜不停的流著熱氣騰騰的細流。基本上隔個一、兩天，我就要來這泡一泡。

這不算完，每過幾天，我總會在池子裡發現很多新玩意兒，什麼火紅的珊瑚樹、剔透圓滑的鵝卵石、晶瑩光亮的大貝殼，最後我還發現了幾叢飄搖不定的海草！

嘖，有錢人就是不一樣。同樣是一國王室，孤看海要勞心勞力跑個千百里路，葉紹只要揮揮手，直接就在自家澡池子裡打造了個海底世界。

我都可以想像到他慵懶的斜臥在池邊，左手葡萄酒，右手銀票，彈指一灑道：「本王就是有錢、任性！怎樣？」

這次進來時，我留意到溫泉池邊多了個與眾不同的東西，一個四四方方的琉璃箱。定睛看去，半透明的琉璃壁後優游著數條五彩斑斕的金魚……

我和發現新大陸一樣看向葉紹，齊國的這個世子爺不是對金魚有什麼特殊癖好吧？養了孤這麼大隻的，還養一箱子小的？

「不要這樣看我，別以為我不知道妳在心裡罵我。」葉紹餘光冷瞥。

我宛如被人踩到了尾巴般，作賊心虛的抖了抖。而後稍稍淡定一下，我狐疑的看向他，瞎貓碰上死耗子的吧……

葉紹又好像能聽到我的心聲般，冷哼一聲走向魚箱，嫻熟的舀了勺魚食灑進去，「這還用猜嗎？妳沒有表情時就是在發呆；皺鼻尖時就是餓了；擰起眉毛時就是遇到智商無法解決的問題了；像現在這樣整張臉都鼓成個包子樣，那一定是心裡對我罵罵咧咧了。」

「……」

我下意識的摸摸自己的臉，居然真是鼓的！

葉紹眉梢上揚出一個得意的弧度，儼然是在嘲笑我：「就妳這點小心思，想瞞著誰呢？」

你看這個人多討厭！一點都不懂得要給一條魚留點起碼的尊嚴！

我很生氣，於是鼓著我的包子臉一言不發的撲通躍入水中，再也不想看到那張心煩的臉了啊啊啊啊！

葉紹：「……」

進了水游了一會兒，我發現碧幽幽的水底又添了件新東西，一個碩大無比的貝殼。我繞著它游了兩圈，發現它大到能容納下我這個人綽綽有餘。觀望了一會兒，扶住它翹起的上殼，我小心翼翼的伸進去摸了摸，然後發現裡面軟軟的居然不是貝肉，而是柔軟厚實的緞面墊子，外面套了層不知道什麼材質的紗面，有效的隔開了水。

正巧葉紹這個時候也入了水，我瞬間毛骨悚然，他不是真要和我一起洗個鴛鴦浴什麼的吧！太可怕了，我、我絕不會讓他對我的尾巴做出什麼難以啟齒的事情！

腦子一熱的我快速的躲入貝殼，在葉紹的身影將將出現的時候，啪嗒一聲，眼前一黑，貝殼合上了。

我：「……」

葉紹：「……」

「出來。」站在池子裡的葉紹涼涼的命令道。

睜眼瞎的我在貝殼裡尋了個舒適的姿勢躺下，沒理他，反正他又進不來。

貝殼上咚咚直響，葉紹不耐煩的敲了一會兒，忽然外面就沒了聲響。

咦，他走了？

我試圖透過沒合嚴的那一絲縫隙往外看，忽然砰的一聲悶響，被震得頭暈的我感到貝殼明顯往下一沉，空間狹小了一分。

眩暈褪去後，我遲鈍的意識到——

這個牲口，居然坐在了孤的上面！！！

咦，這句話好像有點問題……

「雲硯，妳來齊國這麼多天，想回家了嗎？」坐在貝殼上的人忽然發了話。

孤想回去啊！孤迫不及待、歸心如箭的想回到荊國王都，離你這個鬼畜要多遠有多遠好嗎！你知道孤在這多耽誤一天，荊國嗷嗷待哺的百姓們就多一天掙扎在貧困線上嘛！

但是葉紹居然沒有對我繼續開啟嘲諷模式，我好像嗅到了一絲春天的氣息……

「不過想也沒用，本王不會放妳回去的，哈哈哈哈！」

我：「……」

我就不該相信葉紹能洗白他腹黑的本質！

「雲硯，和我說說你們鮫人一族吧。你們那和陸上有什麼不同嗎？」

葉紹今晚廢話特多，我趴在貝殼裡想裝人不在，沒裝上片刻，頭頂咚的一聲巨響，天旋地轉，被震得七葷八素的我差點吐了出來。

這個人渣！就不能讓孤做一條安靜的美人魚嗎！

這時，傳來一聲稟報——

「世子，兵部尚書來了。」

茯苓的出現及時拯救了我。

來不及感激涕零，馬上葉紹冷冰冰的聲音又讓我絕望了。

「本王正忙著，讓他等一會兒。」斥退走茯苓，葉紹調轉火力對付我：「雲硯……」

我在貝殼裡頭淚流滿面，葉紹你這個牲口，你強迫一個啞巴人魚和你談人生談哲學，你爹知道嘛！

關鍵時刻，小天使茯苓冒死出場救我於水深火熱之中：「世子……禮部尚書也來了，說是有急奏稟告。」

葉紹終究對國家大事更為上心，不過臨走前他還是威脅了我一下，大意是等他回來我還不出來跪下哭著抱住他大腿認錯，就把我連同貝殼做成蒜蓉扇貝烤黃魚……

「……」聽起來好像很好吃的樣子……

死裡逃生的我長出一口氣，等葉紹的腳步聲已經聽不見了，我想起一個很嚴肅的問題。

誰來放我出去啊——！！！

第四章

人魚從軍記！

孤以為會被葉紹沒心沒肺的徹底遺忘在貝殼裡化成一顆珍珠，然而睡得天昏地暗不知多久的我終於被一束刺眼的光線照醒。

葉紹冷淡而沒有表情的俊臉近在咫尺，我迷糊的爬起來，結果因為保持一個姿勢太久而渾身痠麻又摔了回去。這一摔把我摔清醒了不少，虛化的意識凝聚在一起，我聽到了轆轆的馬車行駛聲……

「哼！」

我的迷茫樣似乎太不堪入目，葉世子掀開貝殼後看也沒看就坐回了他的原位，重新拿起奏摺。

我這才意識到自己身處的地方居然已不是齊王宮，而是……掀開車簾一角，刀戟齊刷刷閃過的寒芒刺痛了我的眼，我默默的將簾子放下坐回自己的貝殼裡。

葉紹出征的消息由來已久，帝都那邊已經催了兩三番，但在這爭奪王位的緊要關頭他說走就走，未免心太寬了吧。還是說在我度過漫長的幽閉恐懼症時，葉紹已經搞定了他晚娘和齊珂？

葉紹不陰不陽的聲音傳來：「齊珂已經死於意外了。」

果然……

輕描淡寫的一句話，卻意味著齊國整個朝局的未來走向已經基本上掌握在葉紹手中。那他弟弟葉嶺呢？葉嶺可不是齊珂，他是齊王名正言順的王子，葉紹總不能也搞個「意外」吧？齊國大王子是死於意外，五王子又死於意外，葉紹君你就不怕和孤一樣擔負起天煞孤星的惡名嗎？再說了，圍觀群眾又不是傻子。

「葉嶺此番和本王一同出征。」葉紹翻過一頁奏摺說道。

蛤？葉嶺才多大啊！

我默默鄙夷葉紹這廝壓榨童工，同時意識到他這步棋走得陰毒又恰到好處。帶上葉嶺，一來等於是帶著個人質挾制王宮中的齊王后，使她不敢輕舉妄動；二來，戰場上刀劍無影，想弄死個人易如反掌。

不過說到底，葉紹的用意還是太明顯，很容易被人拆穿的呀！

「是葉嶺自己要求跟著我出征的，他年紀也不小了……本王十二歲的時候已經殺了不少人了。」

我：「……」

「不要這樣看我，早說了妳有什麼心思直接就寫在臉上。」他陰陽怪氣的哼了聲，嘀咕道：「也不知道是怎麼長這麼大的。」

不是，我想說的是——默默將寫下的一行字舉起：「人家年紀也小，這種殺人如麻的血腥經歷就不要說給我聽了。」

葉紹：「……」

一國世子出征，又是齊國這樣的土豪之國，排場自然很大。只不過葉紹目前仍是儲君之身，馬車的規格與孤相比還是稍遜一籌。外面講究不了，裡頭必是窮盡奢華；然葉紹這人又悶騷，與他暴發戶老爹的氣質不同，他走的是低調而內斂的奢華路線。

先不論其他，單就我這個貝殼裡的軟墊上的薄紗，清涼如水，尾巴擱上面絲毫不覺異樣，時間久了也不會發乾，一看即是個寶物。這玩意兒要是批發到人魚族裡，立刻就會引發一大波「買買買」的購物狂潮！

「這本就是鮫綃紗。別告訴孤，妳身為鮫人卻不認識此物。」

葉紹的話像敲響的警鐘，叮的一聲，我想起了自己原先的目的來。

一心二用批奏摺的葉紹忽而抬頭對我詭異莫測的一笑，「阿硯回家了，開心嗎？」

回、回家？

葉紹這一笑，笑得我心裡七上八下，摸不著底，懸得慌。

孤的家只有一個地方，那就是荊國。可我自認被葉紹撿回去後演技合格，你看我還是個啞巴，連說夢話說漏嘴的狗血意外都不存在了。孤想破了腦袋，都想不通葉紹究竟是從何查明了我的身分。

我不禁蜷起尾巴支住下巴苦思冥想，想了片刻眼神不經意偏了偏，恰好與葉紹含笑的眼神對個正著。我心底忽的透亮——糟，這廝不會是故意下套套我的話吧！

回想起葉紹平時的陰險狡詐，越想越是這麼回事！我真是條機智的人魚啊！我一邊感慨，一邊寫下一行字試探回去：「你知道我家在哪？」

他的眼神又像是在看個智障兒童，回答得理所當然：「妳是鮫人，家不在海裡嗎？」

我：「……」

我抓狂——都怪你！都怪你！都怪你平時行為陰暗性格扭曲，讓人家怎麼把你往正常方向想！

話說回來，在我來到齊國後零零碎碎的才知道，原來葉紹當初撿到我的地點確實是在荊國的領土範圍內。荊國與齊國有一段國土是隔著一線海峽遙遙相望。孤落海時是在入海口上游，想是隨著湧入的江水被沖到了岸邊，結果被居心叵測、潛入荊國的葉紹不巧撞見了。以孤手下那群隱衛小弟勉強及格的智商，總能推導出上述過程。如果葉紹帶我回去，這麼大的陣仗想不引起他們的注意都難……

一路分析下去，我不禁心馳神往，彷彿已看到熟悉而溫暖的荊國王都在朝孤遙遙招手。

心情激昂時，葉紹一瓢冷水當頭潑下：「收收妳那掩飾不住的滿臉期待的表情，只不過帶妳路過那兒，別想著本王特意去放生妳。」

放、放生？你當孤是轉發這條錦鯉來年就可以獲得好運的吉祥物嗎！！！

滿腔希望頃刻間在葉紹的隻言片語間灰飛煙滅，我憂傷的把自己蜷成個滄桑的魷魚卷狀，並且發誓再也不要和葉紹多說一句話！

葉紹一點都感受不到我的低氣壓，放下奏摺逕自搬出精緻的食盒說：「唔，時間到了，該餵食了。」

我：「……」

什麼餵食啊！我掀桌！孤絕不會接受這種帶有侮辱性的施捨！

「薑糖餅吃不吃？」

不吃！

「杏仁奶酥呢？」

不吃！

「平時不是挺愛吃的嗎……」葉紹嘀嘀咕咕，擺出一樣又一樣，問到最後他淡淡道：「既然阿硯思鄉心切沒有胃口，那便罷了，等到了荊國有了食欲再吃不遲。」

我：「……」

等到了荊國，我也該餓成一條在風中搖擺的封扁魚了吧！

我的肚子恰好咕嚕一聲響，他面無表情看我，我面無表情看他，我哼哼的舉起紙板：「我要吃杏仁奶酥！還要加葡萄乾！」

葉紹：「……」

葉紹本身不愛吃甜食，我趴在案几上挑來挑去啃著的時候，他就支腮在旁邊拿張地圖若有所思的看著。我瞟了一眼，沒記錯的話，應是西北邊境的地形圖。

盤踞穆朝西北的驍族外患已久，驍族人名副其實驍勇善戰，在穆朝建立初期就令穆天子頭痛不已。驍族人雖有鐵騎勇兵，但吃虧在家底薄弱；穆朝這百年來沒出什麼名將，但太宗、高宗經營得當，為後世子孫留下了扎實基業。

兩邊打打停停，交戰百年，互有勝負。誰也沒占到多大便宜，誰也沒吃多大的虧。總之一個字——拖。

拖了百餘年後，驍族依舊徜徉在他們的萬里草原之上，之後更和西域諸國有了姻親聯盟，而穆朝卻是拖不起了。百年帝國，諸侯國勢力日漸強盛。諸侯坐大，便意味著天子勢弱。從諸侯對穆天子的態度就能看得出來，雖不至於不放在眼裡，但如蜀國國君這樣飛揚跋扈慣了的，一時喝多了偶爾也會有冒犯天子的言行。

大多時候，穆天子淡淡教訓兩句也就不了了之啦。

至於我們荊國嘛，算了，人窮國窮，就不要追求什麼自尊了……

我吃完了一盒杏仁奶酥，葉紹仍在研究地圖。我舔舔脣，吃得有點多，膩到了。一杯涼茶及時擱在了我面前，我看過去，葉紹的眼神沒離開地圖。我偷偷在他衣角擦了擦手裡的糖霜，泰然自若的捧起茶水灌了下去。

就這一會兒工夫，葉紹在羊皮紙上已勾了好幾道紅線。我瞄了半天，琢磨著大概是進攻防守的路線？荊國小是小，但夾在兩個強國之間，因著這層微妙的平衡，反而少有戰事。而如對抗驍族這種戰事，更輪不到我們了。穆朝中央本身有屬於自己的軍隊，諸侯國只須每年定期繳納貢賦和軍丁，除非逼宮這種大事，鮮有直接派兵勤王，這也是為了防範諸侯國一時興起想造個反玩玩來著。

故而我對穆天子屢屢直接調遣葉紹這個一國儲君出征很是不解，更奇怪的是齊王這種五國中實際意義上的老大居然言聽計從，那麼放心的就讓葉紹去了。他就不擔心穆天子背後捅一刀，直接和驍族內外夾擊，把齊國的世子滅了？

我默默的又啃了塊薑糖餅。除非有這種可能，齊王其實本身和穆天子的想法一致，想藉著穆天子的手料理了葉紹？

呸呸呸！我這種積極向上的陽光美人魚怎麼會生出這種陰暗歹毒的猜測！

「偷窺軍機，理當問斬。」葉紹寒森森的聲音出其不意的響起。

我尾巴一僵，雖然知道葉紹八成是嚇唬我，但我還是忿忿的咬下一大口薑糖餅。換作是孤，有這麼個煩心兒子也會迫不及待的想料理他！

◆※◆※◆※◆

這次出征，軍隊雖有六成是齊國人，但打著的卻是王師之名。託它的福，這次葉紹總算正正當當的走上了大路。

軍令如山，葉紹這一路的速度卻並不顯急躁。趕了兩天路後，他命大軍在齊國西南的景城外安營紮寨，自己則帶著我住進了城裡一家官驛內。

齊國不愧是多金之國，一座邊陲之城的官驛毫不遜色荊國王都內的任何一座。世子爺大駕，驛官早已誠惶誠恐換了一套嶄新的綢面被褥，這裡畢竟來往人少，一換上新被褥，房間裡立刻浮起一片淡淡的黴味。

我對著床鋪猶豫不決，這兩日裡下了不少雨，靠近荊國的景城天氣本身就偏濕潤，這一夜睡過去了，我尾巴上會不會長青苔？

葉紹看出了我的擔憂，卻不明白我為何而擔憂，只聽他輕描淡寫道：「怕黴味熏著就睡水裡唄，反正妳是條魚。」

「……」

魚怎麼啦！誰說魚就一定得泡水裡的！我心裡碎碎唸，泡一夜過去泡浮腫了變成海膽了怎麼辦？

可我也曉得行軍打仗本身求著兵貴神速，不可能和出外郊遊一樣還帶上成套換洗的褥子，只能將就一下了。我咕噥著從輪椅上往床上爬，孰料緞子做的被面光滑如水，而我的尾巴本身又滑溜溜的，爬了一次滑下來，爬了兩次又滑下來，懊惱時屁股後面被人猛地一托。

我被人給……掀了進去。

滾了兩滾才穩住的我漲紅了脖子，怒不可遏的瞪過去——你你你，你剛剛摸哪了！

葉紹鄙夷的看我，「害羞個什麼勁，妳那條尾巴我哪沒摸過？」說罷，施施然轉身離開。

我：「……」

葉紹走了幾步似想起了什麼又轉回來，他一轉回來就開始脫衣服！

我警惕的盯著他，悄悄把自己的尾巴往裡藏了藏……

這點小動作沒有逃出他的眼睛，他額角的青筋抖了抖，似笑非笑的看著我：「雲硯，妳也太看得起自己了。」

我：「……」

我默默的拿起枕頭，朝著葉紹那張俊臉砸了過去。

混蛋！摸了人家屁股還鄙視人家的胸！

葉紹大概也沒料到我會來這一齣，站在原地就那麼出其不意的被我砸中了……

枕頭不是瓷枕，但也硬度可佳。就聽葉紹一聲冷嘶，我一下慌了神，左看右看沒地方躲，哧溜一下，鑽進了被子裡。

房裡死一樣的寂靜，我心裡忐忑極了。其實平時我也沒少被葉紹冷嘲熱諷，可今天莫名的格外生氣！但出氣一時爽，現下我淚流滿面，以葉紹那睚眥必報的性子，嗚……

「雲硯，妳出息了啊。」葉紹冷冰冰的聲音響起。

我抖了抖，把自己往被子埋得更深了些。

然後……然後就沒有然後了。等我實在憋得透不過氣來探出頭時，葉紹已然不見了，茯苓輕飄飄的從房梁上飄下來。他什麼也沒說，但他同情的眼神明白的告訴我：葉紹傲嬌了，生氣了，需要人去哄了。

可人家還生氣了呢！

我氣嘟嘟的拉起被子，吹燈睡覺！

睡到半夜，我悲哀的發現我失眠了……不是因為擔心明天早上自己會成為葉紹碗裡的魚片粥而失眠，而是有人偷偷潛入了我的房間……

來人身手不凡，掀窗、飛入、落地，一連串動作完成得一氣呵成，瞇著假寐的孤給他打了個九點九八分！

雲翳蔽空，月色稀疏，饒我窮盡眼力也瞧不清此人樣貌。但有一點可知，來者絕不是善類——根本不用想的嘛，以葉紹那爛出水準、爛出高度的人品，百分之九十九是來刺殺他的。只不過這個刺客應是新手上路，職業素質培養得不夠全面，一不小心串錯了門。那也不對呀，茯苓不是盡忠職守的蹲在房頂上嗎？

那人弓著腰步步逼近，手中若有若無閃爍著一點寒光，我終於不能再淡定下去。就目前我和葉紹的立場來看，我完全沒必要替他做個冤大頭、替死鬼不是嗎？況且他剛剛還冷酷無情、無理取鬧的對我耍流氓不成就傲嬌走人！

看樣子，為今之計唯有孤明哲保身，亮明身分，大喊一聲：「壯士且慢！葉紹在隔壁，請您出門左轉！」

計畫是美好的，然而待那片陰影堪堪籠上我的臉，我突然發現了一個致命要素——要死啦！人家不會說話啊！！！

對方顯然體會不到我洶湧澎湃的心理活動，匕首提起，倏然落下。千鈞一髮之際，我側身打了個滾。匕首擦過我耳際刺入枕頭，那人用力過猛，須臾間匕首無法拔出枕頭。我一個骨碌滾到床邊，尾巴順勢一撩，雖不至於將他掃倒在地，但也迫使他踉蹌閃避一步。撿著這個空檔我滑落到床下，隨手抓起個重物狠狠砸到了地上，磅的一聲巨響。

雲層緩慢的滑過彎月，入目之景一片狼籍，地上是碎了一地的慘白瓷片，我披頭散髮和個女鬼似的蜷著尾巴坐在地上。我覺得這場面挺刺激的，等他一回頭，瞧見人身魚尾的我，沒準兒心臟承受能力不夠好，白眼一翻也就這麼過去了。

情形如我所料，待他拔出匕首調轉身形，果然整個人如遭雷劈般僵直在原地。孤料著下一步是不是就該口吐白沫倒地不起來著，這麼一想又有點小憂傷，孤雖然是條身殘志堅的人魚，但又沒有長得太對不起觀眾，而且……我看看自己金色的尾巴，心中咕噥，挺漂亮的一條尾巴嘛。

「雲硯，大半夜妳發什麼瘋，鬧什麼！」

葉紹沒有辜負我的期盼，滿腹怨氣的踹門而來。

他將將跨進門，那名黑衣刺客居然看都沒看他，霍然一個虎步衝上前狠狠抱住我，語無倫次：「阿彥！妳——妳是阿彥吧！我終於找到妳了！！」

我震驚得無以復加，因為……老兄你哪位啊？

「呵呵。」

葉紹的輕笑聲攜著一股寒意鑽入我耳中隨即席捲全身，我打了個哆嗦，我以為他下一句會說：「女人，給我個合理的解釋。」

但我錯了，他投來的眼神分明像看兩個死人……

我更加手足無措了。

兄臺你不要這樣子好不好？你都快掛了你知道嗎？你掛了也罷了，做刺客前想必都已經必修過「我將面臨的七十二種死法」和選修些什麼例如「冷酷殺手心理學」之類的課程，有了充足的心理準備。但你考慮一下我的處境好嗎？我看葉紹這廝的神色，分明寫滿了「你們這對狗男女，男的千刀萬剮，女的浸豬籠！」……

簡直不能再好了！

緊要關頭，孤當機立斷選擇了明哲保身，大力將他推開。推開的那一瞬間，葉紹手中的一葉劍剎那出鞘，劍光迅疾如電，那人尚沉浸在自己的情緒中應對不及。

作為一個刺客你認真點啊！

不忍瞧下去的我眼一閉，尾巴尖悄悄一甩，打在那人腿上。

雖然不能讓他完全躲過葉紹這一劍，但起碼能讓他不死。我眼睛睜開一條縫偷偷望去，看著他下身血跡……我沉默了下，或許等他醒來他還是比較想死……

一劍必殺未成，葉紹毫不客氣的挑劍而起，對準地上那人要來個斬草除根。在我不忍目睹的快要閉上雙眼時，璀璨劍光驟然懸停在刺客的後背上，葉紹眉峰微攢，劍尖一偏，從他腰下挑起個糖色玉珮。

葉紹劍尖一抖，玉珮挑落在他掌心，食指一勾，我瞧清那玉珮上刻著的是頭張牙舞爪的異獸。這個獸形我很熟悉，因為我也有一塊類似的；不僅是孤，每個諸侯皆有一塊。我的是隻狻猊，而這位刺客君的則是負屭。

玉珮一出，這名刺客君的身分昭然若揭。五個諸侯國裡，擁有負贔的是燕國……

若我沒記錯，燕國國君今年五十好幾，與眼前人相去甚遠。那便只有一種可能，此人與葉紹同為一國儲君。

我後怕不已，幸好我眼明尾快，否則葉紹這一劍下去宰了這個燕世子，明兒齊、燕兩國就得兵戎相見。他們兩國開戰沒什麼，倒楣的可是夾在中間的荊國和孤！燕國和齊國同為我大荊國的債主，你想他們倆打起來了，孤站哪一邊裡外都不是人……

葉紹勾著玉珮瞧了瞧，嘴角一彎道：「有點意思。」

他沒再痛下殺手，視若無睹的跨過地上那具「偽屍體」，懶洋洋的往我床上一躺，眉目清冷如霜的說：「說吧。」

他這副三司會審的架式搞得我很不解，慢吞吞的寫下三字：「說什麼？」

葉紹一聲冷笑：「說說妳和妳這小相好是怎麼回事？」

我冽！我什麼時候有相好我都不知道啊！孤潔身自好十七年，既不養男寵也不搞百合，放眼穆朝哪找得出孤這樣一個清心寡欲的和一株剛破土的小白菜似的水靈靈的諸侯君來！

我奮筆疾書：「相好你這個頭啊！」

葉紹：「……」

我和葉紹冷眼相對，刺客君昏了片刻呻吟一聲眼看要醒來，我才想著要如何解釋他有可能慘遭不幸的下半身和……下半生，葉紹看也沒看飛起一腳踢過去，刺客君咕咚腦袋一歪，又慘白著臉暈了過去。

我：「……」

葉紹這一腳踢得他更是血流如注，我看得心驚膽顫，舉起字來：「你想殺他滅口？」

葉紹冷冷瞥向他一眼，倨傲而不屑道：「本王沒有想過殺他。」

那你倒是快救他啊！

葉紹環臂冷酷道：「我只是讓他等死而已。」

我：「……」哦，區別真是好大……

葉紹見死不救，我倒是想救，可葉紹在床邊虎視眈眈，彷彿只要我伸出一隻手，他就立刻會剁了它……從他心狠手辣的切了我半片尾鰭來看，我一點都不懷疑他能否下得去手。

糾結時，我忽然想起燕國這個世子爺剛剛抱住我時是不是喊出了我的名字？他認識我？腦中一片茫然，我和他打過交道？可對於他，我卻全無半點記憶。

鑑於我和他有那麼幾分交情在，我試著為他說點情：「讓他這麼死了不好吧？」

「本王覺得挺好的。」葉紹風輕雲淡，不慌不亂條條道來：「燕國三王子對本王懷恨已久，得知本王率兵出征途經景城，便伏擊在此。趁月黑風高之際，潛入官驛，意圖謀刺於我。孰知其技藝不精，敗於我手下，被我誤作刺客擊殺。」

望了望雲散月朗的夜幕，我抽抽嘴角。齊、燕兩國並未接壤，井水不犯河水，哪來的懷恨已久。

葉紹神情紋絲不動，「本王小時候好像搶過他一匹小馬駒來著。」

「……」原來小時候被你留下心理陰影的不止孤一個啊！

回憶起童年往事，葉紹竟然也有絲不高興，「哼，本王幫他馴服那匹烈馬，他居然還回頭哭哭啼啼的找他父王告狀，和荊國那蠢丫頭一個樣。」

「……」你搶了人家的馬還鄙視人家告狀，你的三觀被狗吃了啊！！！

葉紹高高挑起眉質問道：「妳不是說他不是妳的相好嗎？那妳用妳的死魚眼瞪著本王作甚，嗯？」

因為孤就是荊國那個蠢、丫、頭！

「罷了，這玩意兒擱眼前鬧心。茯苓，把他清理出去！」

葉紹大手一揮，茯苓從窗外躍入，他的動作略顯僵硬，看樣子燕國這王子下手也不輕。

我瞅著不對，這不是要毀屍滅跡、把人拖出去直接挖個坑埋了吧？

我想了想，偷偷寫了張紙條趁著葉紹不備塞給了茯苓：「請務必把坑挖得淺一點！」說不定他醒了還能自己爬出來什麼的……

少年，我只能幫你到這了！

葉紹歪在床上十指交叉擱在膝上，沒個形象的隨意靠著，一臉的興趣缺缺，「我還以為晚上來的會是王后的人馬，沒想到來了這個意料之外。」

原來他早知道今晚會有刺客來，我愣了愣神，那這間房本來是他的嗎？可是他卻讓我住了進來……

「又用死魚眼瞪著我做什麼？」葉紹沒好氣的瞥了我一眼，「這間房是這兒最好的上房，再說本來我就沒準備留妳一個人在這。」

哦對，他好像是要留下來同我一起睡的，然後被我……砸了出去。

「還縮地上做什麼？時辰不早，明早還要趕路，今晚看樣子是不會有人再來了。」

可是……我看著沾染了血汙的尾巴，會弄髒褥子的。

「女人就是麻煩。」他不耐煩的看了我一眼，補充道：「母鮫人也是！」

母、母鮫人你個大頭鬼啦！！！

葉紹不情不願的幫我清洗了尾巴，碎瓷在魚鱗上劃上不少痕跡，我很是心疼了一番，葉紹又是一通嘲諷。我不服氣的反駁他：「有本事讓我拿刀子在你身上劃兩道你別吭聲啊！」

他終於噎住了。

臨睡前，我想起一件事，問他：「你養那缸金魚做什麼？」

將將側躺的葉紹身子一頓，翻過身來面朝著我，嘴角一抿，「真想知道？」

「……」你這表情，讓我瞬間就沒了想知道的欲望啊！

刻意看了看我的尾巴，他意味深長道：「我就是好奇妳……咳，人魚是怎麼如廁的……」

「……」滾下去啦！你這個猥瑣男！

第五章

女人，給我個合理的解釋

葉紹為此特意養了一缸金魚，可見他對這個問題有多執著。

但孤義正詞嚴的拒絕回答這個問題。開什麼玩笑！人家尾巴上就這麼一個孔，可不想被你開發出什麼別的奇怪用途！

好奇心得不到滿足的葉紹還想再追問下去，我果斷的拉起被子擋住羞憤的臉，同時發出呼呼的呼嚕聲表示自己睡著了。

葉紹：「……」

「有什麼好害羞的，本王又沒要去看妳如廁。」葉紹悻悻的也躺了下來。

我：「……」

這就是我和葉紹不同了，我很懂得分寸，知道什麼叫退一步開闊天空。就算我很好奇比如說一條人魚該怎麼排泄，那我也只會偷偷趴窗戶去瞧一瞧。而不是像葉紹這種反社會人格，咄咄逼人，逼得我恨不得拉起被子來悶死他！

我很憂傷，葉紹現在是好奇孤如何如廁，過幾天他要是好奇人魚怎麼生娃，那可該如何是好啊！

待我憂愁著要進入夢鄉，葉紹胳膊肘一拐重重搗在我腰上。

「雲硯，妳真的不認識燕國那個三王子？」

睏得睜不開眼的我隨便擺了擺手，表示對那個才現身便就義的燕國三王子一丁點印象都沒有。

「那他開口卻叫出了妳的名字……」葉紹挑起我的一縷長髮慢慢撫摸著，「有點意思，莫非妳原來的名字就是『雲彥』？」

我一個驚嚇，徹底醒了。

他不提我差點忘了！我本以為葉紹沒聽見那一聲呼喊，竟沒想到偏偏讓他聽見了。葉紹此人多疑成性，聽見了就上了心。這世上叫「雲硯」的或許有很多，但叫「雲彥」的標誌性人物可就一個——荊國國君。

生平第一次，我體會到了什麼叫做人怕出名豬怕壯！

葉紹從來沒什麼好耐性，等不到我回答他就開始動手動腳的扯我頭髮、摸我尾巴……你兒童過動症遲發啊！！

我邊忍受著他的騷擾，邊絞盡腦汁的想應對之策，忍著忍著，有什麼不安分的東西從尾巴摸了上來。

我低頭看看胸前，忍無可忍的狠狠打掉那隻祿山之爪，霍然掀開被子瞪了過去。

葉紹撇嘴道：「緊張什麼，反正又沒有。」他看看自己的手掌，輕輕一聲笑，又說：「真的挺小的。」

我：「……」

我腦中的弦清脆一聲，裂開了。啊啊啊——我今天一定要弄死他！

拿著枕頭我朝著那張笑得分外賤的臉猛地按了下去，葉紹哦喲了聲，側頭一避，支手反過來掐住我的手腕，順勢一帶，平衡性極差的我沒有意外的被反壓了下來。

我不死心的想咬他，他不知從哪摸出顆糖來往我嘴裡一丟。我一口咬下去，「啪嗒！」清脆響，牙嗑得有點疼。

論力氣，我哪裡比得過常年習武的葉紹，沒費兩三招他就將我鉗制在了身下。

他嘖嘖稱奇的低頭看我，得意的笑容裡滿是不懷好意，「說實話嘛，生什麼氣。」

嘴裡含著糖的我惡狠狠的瞪他，哼的扭過了頭。

葉紹將我臉上的髮絲一一抹去，詳究的打量我，說：「近看的話，其實阿硯妳還是挺耐看的。」

懶得理你這個變態。

葉紹不滿意的扭過我的臉，「我在跟妳說話呢！」

我用我的死魚眼木然的看他。

葉紹哦了下，慢慢鬆開我，「忘了妳不能說話了。」他將紙筆撿給我，手支在膝蓋上抵著下巴，月色下眼眸湛而生光，「人魚是不是都不會說話？」

我這條半路出家的人魚怎麼知道啊！

我接過紙筆不帶猶豫的寫下一行字——

「你這個人渣！」

葉紹：「……」

眼看他面部表情有晴轉雷陣雨的跡象，我不緊不慢又寫下一行字：「說實話嘛，生什麼氣。」

「……」葉紹被我噎得短暫無語後，想是明白過來我正在炸毛，不好繼續作弄我，咳了聲轉移話題：「說來明日便要路過海峽了。」

我回他一個平平淡淡的「哦」字。

「妳想不想和家人通個信什麼的？」葉紹善解人意的提議道：「雖然行程有點趕，但是留給妳拋個漂流瓶寄封信什麼的時間還是有的。」說完他露出「妳還不快謝謝這麼體貼入微的本王我」的欣然神情。

我：「……」

我謝謝你二大爺啊……

說到這，我想起還沒向葉紹打聽，這次在他出征路上特意拐個彎溜達到荊國是來做什麼。無事不登三寶殿，葉紹這廝來荊國肯定更沒什麼好事，如果是過來討債還算好的，這要是被他發現荊國國君至今未找回，整個荊國處於無政府、無組織狀態可就事情大條了；再要讓他發現，荊國大佬就是他身邊這條萌萌噠的人魚，好嘛，那就是我慘了……

我決定還是打聽一下他的目的，如果只是來觀光旅遊的就皆大歡喜了不是？

「來荊國做什麼？」葉紹有點詫異我問出了這個問題，不過他也沒深究，背著手仰面躺下吊兒郎當道：「弔喪啊。」

「……」

我已經不想問下去了，能讓葉紹這種身分的人去弔喪的，整個荊國上下只有一個人……

葉紹咧嘴一笑，笑眼中少了幾分戲謔，多了幾分高深莫測，「說是荊國那個蠢丫頭掛了，新帝迫不及待登基，這不還沒找上一個月就急著發喪。」

我心中堵得厲害，也慌得厲害。

新帝，什麼新帝？莫名其妙啊……我是雲王室的獨苗苗好不好！從理論意義上來講，若孤真的不幸薨逝了，荊國王室無以為繼，荊國便是名存實亡。孤曾未雨綢繆的和梁太師探討過這個問題，萬一發展到這一步，該如何是好！

梁老頭子拈鬚沉思，而後嚴肅卻不失活潑道：「走到這一步也只能由天子收回王印了。不過嘛……」他嘿嘿嘿擠眉弄眼的笑起來，「那我們也不用還債了啊大王！恭喜大王！」

孤：「……」

等等，如果葉紹說的是真的，按照劇情發展來說只能是老爹瞞著娘在外面養了個小三，搞出了個私生子來？

對！就是這麼回事！

我氣憤難當，世人都說我父王是世間少有的情聖，這輩子只娶了我娘一個王后。情聖個屁啦！明明就是因為我娘是天子下嫁的公主，他才不敢在外搞三搞四！結果還不是給我搞出個弟弟妹妹來！

我流露出的殺氣太過凜冽，以至於半闔眼的葉紹都感受到了，睜眼皮笑肉不笑道：「妳這殺氣騰騰的，想弄死誰呢？」

想把我爹從皇陵挖出來問問他這是怎麼一回事！

平整下心境，我舉起紙問道：「荊國國君不是失蹤了還沒找到嗎？」

葉紹已有些睏意，回答起來也是不著調的：「哦，是啊。原先是遇刺失蹤了……」他睏得聲音都飄了起來，「一國之君一直找不到，朝中自然有人蠢蠢欲動不安分了。別看荊國國窮，再窮也是個諸侯國……」

然後呢！你別睡啦！

我使勁搖他，他稍微振作下精神，「何況……」

況著況著他就睡了過去……

我：「……」

◆※◆※◆※◆

揣著心思我幾乎沒闔眼，到了早晨葉紹伸了個懶腰緩緩醒來時，等了近一夜的我卻熬不住，頭一歪栽到他身上死活睜不開眼。

好睏啊，真的好睏……

「喂，醒醒啊！」葉紹粗暴的搖晃著我，「一大早撒什麼嬌。」

別吵……

我捲過蒲扇般的尾鰭蓋住自己的耳朵。

葉紹：「……」

睡意模糊中，我隱約聽到葉紹感慨著：「柔韌性還真不錯……」腰部忽然被人揉了一把，他呵的一聲低笑：「水蛇腰，嘖～」

這一聲別有意味的「嘖」讓我睡得極不踏實，沉沉浮浮地睏了沒多久，我就在搖晃的馬車中醒了過來。醒的時候我頭枕在葉紹的膝頭，尾巴擱在珍珠蚌內，觸感濕潤，顯然才被人澆過水。

葉紹發覺我醒來，嫌惡道：「擦擦妳的口水。」

哦，我聽話的拉起他價值不菲的衣袖擦擦嘴角。

葉紹：「……」

他低頭說：「一醒來就找死。」

我：「……」

我爬起來去看尾巴，最近都在趕路，條件有限，沒有大魚缸泡水，我感覺魚皮都快皺出魚尾紋來了呢！

唔，水澆得不夠透。我順手端起茶几上的一壺水，試試溫度，正好，呼啦全倒了上去。

才伸出手的葉紹：「……」

澆完水後稍稍晾乾，我拍了些羊脂膏上去細細抹開，抹完後我想了下，又從懷裡摸出一包珍珠粉敷了上去。做完這一切，我心滿意足的觀賞著自己漂亮的大金尾，每天都感覺自己萌萌噠！

我抬起頭，只見葉紹抖抖眉梢，轉過視線說道：「本王覺得妳應該對妳的臉更上心些。」

我：「……」

今日啟程的時間格外早，除此之外我發現路上同行的僅有寥寥數輛車馬，完全不復之前的排場。葉紹對我的疑慮嗤之以鼻，反問我哪有帶著大軍去他國奔喪的？

我被問得無話可說，訕訕的想問他昨晚沒說完的話是什麼。

車窗突然被人敲了三下，是茯苓。

他一板一眼的稟告道：「世子，燕國三王子醒過來了。」

咦，葉紹沒讓茯苓埋了他啊？我很驚奇。

接著茯苓道：「他一醒來就鬧著要見雲硯姑娘，說不見她，他就要尋死。」

葉紹沒有半分猶豫道：「讓他去死。」

我：「……」

燕國王姓為白，這任國君膝下有五子三女，葉紹捉到的這隻是燕王三子白啟。燕國儲君之位遲遲未定，負屭玉珮卻已交到了白啟手中，可見燕王有多疼寵偏袒這個兒子。

白啟雖不是燕世子，但目前來看，燕王位遲早落到他手上。這是葉紹不忙著殺他的原因之一，大概他覺得如果燕國輪到白啟此人做國君，早晚完蛋……

「嘖，本王此番放他一馬，還順水推舟賣他個人情。」葉紹的如意算盤打得啪啪響，得意非常道：「來年與燕國通商時，還可以扣下幾個稅點。不錯，相當的不錯。」

你這種莫名其妙的自信究竟從哪裡來的啊！你難道忘記了是怎樣對人家燕王子又刺又敲又踹，還讓茯苓像拖麻袋一樣把他拖出去了嘛！這算哪門子的人情啦！

往荊國王都的路上，白啟一哭二鬧三上吊挨個鬧了遍，無論怎樣鬧，葉紹皆是淡淡然、任君隨意的神情。最後燕國這位三殿下絕食了……

葉紹微微頷首表示已知，然後還挺欣慰道：「正好省了乾糧。」

我：「……」

而我並沒有多少時間關心白啟的死活，孤正忙著煩憂荊國即將登基的新王這事呢。從得知自己王位不保後，我失眠的次數逐漸增加。我一面糾結著老頭子什麼時候給我添了個弟弟，一面憂愁就算跟著葉紹順順當當的回到了王都，孤該如何說服荊國上下包括穆天子在內接受一條擁有魚尾的國君。

前者是家庭倫理問題，後者已上升到了跨界物種能否共存的人文高度了。

頭好痛啊啊啊！我惆悵得快癟成一條鹹魚乾了……

在我的焦躁不安中，車仗如期駛入荊國境內。

進入荊國境內，葉紹沒有立即往王都趕去，而是擇了個小城鎮休整。用他的話來說，反正荊國還沒他齊國一個州大，早一日晚一日都不礙事。雖然他說的是事實，但他的口氣和腔調讓我分外不爽。

於是，我回了他乾巴巴的一個：「呵呵。」

葉紹對我這兩日裡的焦躁表示不能理解，他觀察著我的神態，揣測道：「莫非，母鮫人也有每個月那幾天？」

我：「……」

這個還真沒有……

得到否定答案後，葉紹又變身好奇寶寶了，他摩挲著下巴問道：「那，你們是怎麼交……咳，繁衍的呢？」

我：「……」

我怎麼知道啊！我雖然現在是人魚，但一天都沒在海裡待過好嗎！還有啊！這種難堪的問題，問我這個雲英未嫁的少女真的沒有問題嗎！你難道要我回答你「想知道嗎？試一試你不就知道嘛英雄～～」這樣子嗎！？

眼見我的怒氣瀕臨爆發點，葉紹識趣的溜之大吉。

和這個人多說一句話都是折壽！

葉紹溜達出去沒多久又轉了回來，這次他還帶了個人進來——燕王子白啟。

足足折騰了好幾天，白啟的狀態甚是萎靡不振，看到我時卻兩眼一亮：「阿彥！」

他還沒走兩步，葉紹不冷不熱的咳了聲。他兩腿一哆嗦，站在那沒敢動了。

我隨意打眼一看，總覺得他站立的姿勢有點僵硬。看來看去，我了然而同情的看了看他雙腿間……

葉紹在我身邊極鬆懶的一坐，掌心磨著負屭玉，笑吟吟道：「三王子這幾日可好？」

明知故問嘛這是，沒看人家成日忙著自殺，知道的瞭解他是想以死相逼，不知道還以為葉紹君你對他有什麼不良企圖，想逼良為娼呢！

新仇舊恨，白啟激憤不已，負手昂首而立，盡可能的讓自己顯得有氣勢點，「既然你知道我的身分，竟還敢將我軟禁多日！」

他的動作是很有氣勢，但想來餓了這麼多天，聲音軟趴趴的，毫不意外的招來葉紹一聲輕輕嘲笑。

「葉紹！你別以為仗著你們齊國國富兵強就可以肆意妄為！你當真以為我燕國是好欺負的嗎！」白啟攥緊拳，文質彬彬的臉龐漲成豬肝色，「而且……」他將目光轉向我，「哼！你不僅囚禁我，竟還公然將阿彥拘於身旁！若此事揭露，上達天聽，天子豈會容你胡作非為！到時候看你這個偽君子還如何欺瞞世人！」

孤感到涼颼颼的，千算萬算，我忘記了這廝是認識我的！他既然認識我，想必也清楚我以前的身分。

葉紹慢悠悠的看了我一眼，我脊梁骨一緊，趕緊擺出「他是誰啊我不認識他」的神情來。

葉紹又是笑了笑，這回嘲諷的意味更濃。

果然，白啟大受刺激，刺激片刻後他勉強鎮定幾分，將希冀的目光投向我，「阿彥！妳一定是受他脅迫是不是？」

是啊！可就算是……在葉紹面前，我哪敢表現出半個「是」字來啊！

白啟身形一晃，打擊不輕，苦逼兮兮的問我：「阿彥，我們同窗三年啊……」

同窗……

慢著，我似乎想起什麼了。

在孤幼年時期，和每個王侯公子、公主都一樣，在帝都太學中接受過三年義務教育。太學中弟子三千，其中有三百是王孫公子特權階級，而孤作為五方諸侯之後理應是特權中的特權——荊國雖然窮，但天家私塾倒不至於為此就怠慢了我。

問題出在幼年時期的孤有點小自閉，說到底有部分原因還是出在葉紹此人身上，從被他在皇宮中陷害過一次後，我本能的變得膽小謹慎多了。好好一個樂觀活潑開朗的小姑娘，活生生被葉紹害成了個自閉症兒童。

在太學的三年，孤過得很寂寞。其他四國的王子、公主不大愛與我玩，世家貴族的公子、小姐們又不敢與我搭腔，每天我只能默默的抱著書袋穿梭在學堂、飯堂和宿舍間，沒有人和孤分享「趙國王子和蜀國公主戀愛啦～」這種八卦，也沒有人和孤吐槽「謀術課老師今天褲腰帶沒繫緊啊哈哈哈！」……

孤和每個自閉症兒童一樣，形單影隻的度過了太學三年。

說是形單影隻吧，也不完全是。在那片單調得幾乎沒有色彩的日子裡，倒是有那麼幾個突出人物讓我有點記憶。比如總是追著我喊「小啞巴」的蜀國公主褚秀秀，又比如動不動和蜀國公主一起嘲諷我的趙國王子連謹啦～還比如……白啟？

時至今日，孤才知道他的名字，這實在是因為相比於褚秀秀他們，他的存在感太微弱了。算起來，這個白啟那時候也是經常和褚秀秀一同玩的──太學之中也是少不了拉幫結派。

孤之所以還記得他，是因為在某次考試後，孤淡定的寫了匿名小紙條舉報褚秀秀他們一窩同黨作弊，他是唯一一個被祭酒叫出去問話嚇哭的。

你想作弊這種小事，又擱在這群王二代身上，一般老師睜一隻眼、閉一隻眼就過了。可他哭了，他不僅哭了，還一五一十的把褚秀秀他們都供出來了；供出來也就罷了，悲劇的是當時的天子正好過來巡查穆朝下一代們的教育狀況……

結局可想而知，抓典型，樹風範，褚秀秀他們慘遭各家老爹不同程度的家法伺候。

回憶起此事，我真要感激一下白啟同學，沒有他這個豬隊友，孤如何大仇得報。

這麼一想，在太學時我怎麼沒有與葉紹相遇呢？太學學制九年，我因為中途繼承王位不得已終止學業，那時候葉紹理應也在太學中呀！

轉過來一想，我想通了，葉紹十二歲從軍，想是沒什麼時間和別家小屁孩一起混學堂。再者，以齊國的身家，為他在潛龍邸請若干名師複製個太學出來也不是難事。

「阿彥，妳可想起來了？」白啟小心翼翼又充滿期盼的問道。

想起來倒是想起來了，但孤決定還是裝作不認識你！

在沒回到王都之前，我絕不能在葉紹面前暴露身分。不過，這小子在讀書時和我其實應該是對立陣營的吧，怎麼多年不見一重逢搞得情深深雨濛濛，多少樓臺煙雨中，就差握住我的手唱出來了好嘛……

我一頭霧水。

「看樣子本王的愛魚對殿下你沒多少印象啊。」葉紹懶懶道。

愛魚是個什麼鬼啦！

被我瞪過去的葉紹衝我賤賤一笑，溫柔的撫摸上我的「膝頭」，說：「又生氣了？開個玩笑而已。愛妃～」

「……」算了，我們倆之間還是保持純潔的人魚關係比較好，愛魚……就愛魚吧。

白啟則是震驚到了，「魚……？」他的神情凝固一刻，應該是想起那晚確實看見了我的尾巴，他的眼神頓時充滿悲傷，「阿彥，我該來找妳的！若我早一步找到妳，妳或許就不會被人害成這樣了。」

不僅是我對他這話疑竇叢生，什麼叫有人害我？連葉紹亦是擺正了些許容色，問：「什麼叫有人害她？」

問到這，白啟的臉色一下子慌亂無比，眼神東溜西溜，支支吾吾道：「啊？我剛剛有說什麼嗎？沒有啊，哈哈哈，今天天氣真不錯！」

我和葉紹：「……」

這麼粗劣的轉移話題真的好嗎！？你以為我和葉紹都是你這樣的笨蛋嗎！

我默默的對葉紹舉起紙來：「我能打死他嗎？」

葉紹漫不經心的甩著玉珮玩，「打死太便宜他了，關柴房頭頂飯碗先餓個三天，然後閹了送進宮做太監。」他煞有介事的想了想，又道：「本王聽聞趙國國君好養男寵……」他衝白啟安慰一笑，「殿下這張臉生得不錯，掙個後宮頭號男寵不成問題，前途一片光明。」

我：「……」

這算哪門子的安慰啊！？毒，太毒了！

我再一次深深明白，得罪誰也不能得罪葉紹，就這陰晴不定的歹毒心腸，比一個月來十次大姨媽的女人還要凶殘可怕！

從小生長在溫室裡的白啟小王子哪曾經歷過葉紹這般狂風暴雨，當場嚇得雙腿有些軟，他猶自強撐著微不足道的那點氣場說：「你你、你敢！我可是堂堂燕國王子！你就不怕兩國開戰……」

「啪！」

負贔玉珮捏在葉紹兩指下，他臉上依舊掛著那層誰也看不透的笑容，但我明顯感受到周圍的溫度簌簌下降。

「兩國開戰？白啟殿下倒是提醒了我，殿下不遠千里追蹤過來行刺於我，還妄圖誘拐本王的未婚妻、齊國的世子妃。殿下這般作法，難道不代表著燕國已有意要與我齊國開戰！」

葉紹擲地有聲的質問一句嚴厲過一句，逼得白啟小臉煞白煞白的，結結巴巴辯解：「我、我行刺你僅僅是我個人行為，我、我……」他慌張無措的眼神落在我身上，脖子一梗，「我是為了替阿彥報仇！」

報仇？啞然的我情不自禁瞄啊瞄的瞄向葉紹，當初我就有點懷疑是這廝下得黑手來著。

葉紹用看白痴的眼神冷冷睇我一眼，他在我尾巴上重重一捏，貼著我耳邊溫聲一笑，「我若想殺一個人，妳以為我會留活口嗎？」

我默默看他捏的部位，默默拿開了他的手，並用眼神警告他——別把人魚不當人好嗎！下次再捏我的屁股，我、我就剁了你的狗爪！

葉紹絲毫沒受到我的威脅，心情愉悅的轉過頭去，轉了一半他還回首悄聲說了句：「多吃點，太瘦了，手感不好。」

我：「……」

我深深的思索，葉紹這人賤嘴賤手，究竟是怎麼安然無恙長到大的……

任憑葉紹軟硬兼施，白啟死活不肯再開口多說半個字，最後他哭著道：「你們不要逼我了，我真的不能說！你們還是把我送去做太監吧，嗚嗚嗚……」

「……」

葉紹不能真把白啟送到趙國去做太監，他讓茯苓把白小王子捆成個粽子丟柴房裡去了。丟進去之後，到了晚飯時刻，他還故意讓茯苓放了一大碗香氣撲鼻的紅燒肉在白啟三尺遠的地方……

我心情抑鬱的緩慢扒著飯，那碗紅燒肉我很想吃啊……

葉紹在一旁優雅而迅速的用完餐，離開飯桌時摸摸我的頭感喟：「相煎何太急。」言罷負手翩然而去。

我一片茫然，吃完飯唸詩難道有助消化？

飯扒到一半，我猛然轉過彎來！他剛剛是在罵我吧，是罵我吧！是的吧！

飯也沒心情吃了，我怒氣沖沖的擱下碗殺去找葉紹。

我進了中堂，葉紹正好在和官員議事，明日即要去王都，不用想也知道八成是在商議給……「我」弔唁一事。一想到這事我就有點淡淡的憂傷，去自己靈堂給自己奔喪，我是不是還要哭上一哭？也不知道他們為孤選了哪塊地做皇陵……

我一到，齊國幾個朝官面面相覷，氣憤不已的我也有點小尷尬，唯有葉紹一人無比自然的抬頭看了一眼說：「來了啊。」

來找碴的我默默點頭。

「世子妃年紀小，愛黏人，讓你們見笑了。」葉紹輕描淡寫的解釋了兩句。

我：「……」

齊國官員：「……」

短短的寂靜之後，齊國官員一個跟著一個哈哈笑道：「是啊是啊。」交口不絕的拍起馬屁：「世子妃殿下真是天真可愛！」、「兩位殿下感情真好啊！」……

葉紹隨意瞟了我一眼，敷衍道：「可愛嘛有那麼幾分，女人嘛就是麻煩……」隨即轉回視線繼續低頭看手裡的文書。

他們一干人圍在一起，我一個人孤零零的坐在門口的秋風中……

這是我打開門的姿勢不對嗎？為什麼我好像完全不和他們在同一個世界呢！！

我的出現加快了葉紹他們議事的進程，不多時朝臣們接受完葉紹的指示紛紛告辭，頭一個路過我身邊時頓了頓足，頗恭謹的向我道：「殿下，微臣告退。」

我：「……」

有他開了這個頭，後面跟著的無不見風使舵攀過來。

「殿下，臣告退。」

「臣告退。」

我連反駁的力氣都沒有了……

稍顯擁擠的房間霎時退得乾淨，葉紹坐在那沒動，我轉著輪椅過去，冷冰冰的盯著他。

他低頭運筆如飛，「吃飽了？要泡澡還是擦尾巴？泡澡是洗花瓣澡還是泡泡澡？」

我想了下，才要欣然寫下「泡泡澡」三字，忽然停住了筆。我是過來找他算帳的好不好！

差一點就被他帶走了神……

我醞釀了下情緒，憤然提筆：「你剛剛憑什麼罵我！？」

葉紹忙裡抽閒望了我一眼，「哦，為了這事啊……」

我鼓著腮瞪他。

葉紹寫寫停停，道：「是本王不對，本王向妳道歉。」

我：「……」勝利來得太突然，我完全感受不到喜悅啊！

葉紹寫完合上紙，溫柔如水的看著我說：「殘障人士也是需要得到尊重的，我懂。」

我：「……」

雖然話上的意思他指的應該是我的尾巴，但我直覺葉紹這話不對味。然後我發現他目光著重在我腦袋上停頓了一下，我就知道……

你才腦殘呢！你全家都腦殘！

我內心嗷嗷叫著奔騰過一群神獸，寫下一行字：「不好意思哦，你要娶個智力低下的世子妃！」

葉紹：「……」

他抽抽嘴角，「沒關係，有我就足夠彌補下一代的智商了。」說完，他興致勃勃的展望道：「妳說我們的孩子像誰比較多一點呢？」

這人瘋了吧！

我驚恐的看著他，之後慢吞吞寫下：「書裡說鮫人一族是男性誕育子嗣……」

葉紹：「……」

氣氛一時陷入僵直之中，門咚咚咚響了三下，茯苓在外叫了聲：「世子，東西送來了。」

葉紹沒出聲，想來還沉浸在震撼之中，我敲了兩下桌子示意他進來。

茯苓端著個白瓷碗進屋，老遠就聞見了饞人的肉香，擱桌子上我才看清，碗裡盛著滿滿的熱氣騰騰的紅燒肉，一看就知道剛出鍋不久。茯苓放下筷子和碗就悄然無聲的出去了。

我望著紅燒肉，又望望葉紹，吞吞口水。

葉紹解除了沉思姿態，鬆垮著身子往椅子上一靠，「吃吧，就是讓廚子做給妳吃的。妳剛才那怨念的模樣，看得本王連飯都吃不下了。」

罵我倒胃口就直說嘛！

我嘛嘛嘴，望望紅燒肉，還是笑逐顏開的拿起筷子來。唔，這個廚子還挺貼心的，瘦多肥少，手藝也不錯。

葉紹撇嘴：「吃貨。」

我哼了哼，吃得滿嘴生香才不理他。

葉紹托著腮看了我兩眼，然後眼神落向窗外寂寂夜色，混沌火光偶爾爆起兩點燭花，在他眸裡一閃即滅。我邊吃邊偷偷分幾眼打量他，忽然發現葉紹的眼睛非常漂亮。他的眼睛不是那種純透的漆黑，而是黑中混入了一抹幽藍，火花閃爍其中，如夜幕下波光粼粼的深邃海面。

據說葉紹的親生母親——原來的齊國王后有一半的外族血統，極是貌美，從而深得葉紹父王的喜愛。只可惜，她才生下葉紹即因難產而死。我在齊國王宮時從來沒聽人提起過這位先王后，還是茯苓好心的偷偷告訴我，先王后是王宮中的禁忌。為何是禁忌，他卻沒有細說，只含糊的說是因為她的身分。

很富有傳奇色彩的一位美人，而從葉紹的面貌來看，他應是繼承了他母親的姿色。

「看入迷了？」

我：「……」

帥不過三秒說的就是葉紹這種人！

他又勾起那抹怎麼看怎麼招人厭的笑容，「嘖嘖，想看就光明正大的看嘛，本王知道自己的魅力……」

「……」我默默舉起紙：「是啊，誰讓你長得比姑娘家還好看呢！」

葉紹：「……」

吃了小半碗紅燒肉，我覺得有點膩了。葉紹分外嫻熟的拿起帕子捏住我的臉細緻的擦拭，問：「吃飽了？」

不僅飽，還有點撐……

他眉眼微彎，眸色幽寂似海，「那我們就說說給妳奔喪的事宜吧，阿彥～」

第六章

不好，露餡！

有那麼一瞬間我感覺自己呼吸停止了……

晴天霹靂？不是。

如遭雷擊？感覺也不太像。

我懵然望著葉紹，恢復心跳後的第一反應竟然是如釋重負。在葉紹這人面前守一個秘密守到現在，怎麼說呢？我感覺自己挺努力的，夠對得起我大荊國歷屆國君的智商水準了……

轉念一想，葉紹素來奸險狡詐不擇手段，萬一是詐和呢？

葉紹揣著手，沒形沒狀的歪在椅子上說：「雲彥，事到如今再瞞下去就沒意思了啊，別以為本王和妳一樣。」

什麼叫和我一樣！你給人家說清楚！

不甘心歸不甘心，卻不得不承認葉紹說的是實話，我沉默的扳著手指，一字字寫下：「你什麼時候知道的？」

葉紹一笑：「很久之前……」

我：「……」

真是太、太過分了！那本姑娘自娛自樂的演了那麼久圖的是什麼？在他眼裡豈不是個精神分裂症患者似的？太傷自尊了！傳出去的話，身為荊國國君的我顏面何在！被梁太師知道他一定恨鐵不成鋼的跳腳炸毛：「大王，您被葉紹這個黃口小兒如此玩弄於鼓掌間還不如死了算了！」

我的面色委實太過難看，葉紹摸摸鼻尖又道：「很久以前我只是懷疑妳而已，妳出現的時間地點和荊國國君雲彥遇刺時相差無幾，這是其一；其二，妳出現在海灘時雖然衣衫襤褸，但依稀可見衣飾不菲，款式更與尋常女子衣裙相去甚遠；其三，妳的飲食習性與其說是鮫人，倒更似我們普通人一些；還有……」

他微微低下頭盯著我，又道：「也許妳自己沒有發現，在齊國時初入王宮的妳沒有一絲新鮮和好奇，那份安然自處的熟悉絕非一個偶然流落到陸地的鮫人應該有的。」

我：「……」

他分析的太有道理了，我……無言以對，更有種心驚肉跳的後怕。葉紹心思之深沉已經遠遠超出我對一般人類的認知了好嘛！他明明就未曾相信過我，卻能不動聲色的配合我演到現在，自始至終沒有流露出半分懷疑來。

若不是今日他主動捅破此事，恐怕到最後他把火燒旺了，水煮開了，調料放好了，等我快熟了時他才微笑從容的對我說：「妳看，妳有多傻，死到臨頭還不知道。」

他這樣的人應該被列為恐怖分子，受到其他四國的聯合制裁好嗎！

他停頓片刻後又道：「但以上也只是我的懷疑罷了，畢竟……曾經我見到妳的時候，妳還沒有這條尾巴。」他的視線不由得落在我隱藏在長裙下的尾巴，他挑挑左邊的眉，「若白啟沒有來行刺，至今恐怕我都不能確定心中的猜測。饒我南征北戰遊走甚廣，也未曾見過妳這樣的……奇事。」

最後，他下了個定論：「前所未聞。」

雖知葉紹話裡多少替我鋪了些臺階，但我心裡勉強舒坦了些。說到底還是白啟那個白目壞了事，本來這趟我藉著葉紹，說不定就悄悄的不帶走一片雲彩回到了王都和梁太師他們勝利會師。不費多少功夫，我就能懲治叛黨、奪回王位、重掌大權、迎娶新王夫、走上人生巔峰，想想還有點小激動！

「妳想得太簡單了。」葉紹冷不丁一盆冷水朝我當頭潑下，「妳以為憑妳現在的模樣，能正大光明的出現在荊國朝臣和百姓面前？沒被當成異端燒死就不錯了，還想搶回王位。」

葉紹眼神不加掩飾的寫滿了「妳真是好傻好天真」。

「……」

他說的雖然非常不中聽，但冷靜下來想想確實是這麼回事。現在的我算什麼呢？人不人，魚不魚。撇去身分不提，王都裡那個「新君」既然已經入主王宮，甚至大張旗鼓的敢替我這個失蹤不明的先王舉辦喪事，荊國朝內必定安插了不少他的人，甚至帝都內都可能有他的內應。

情勢一分析，我憂傷得鱗片都要掉光了。前途未卜，後路渺渺，還能不能讓我愉快的做一個勵志的人魚諸侯啦！

作壁上觀的葉紹冷眼瞅了我一會兒，突然一笑道：「其實妳有條很合適的路可以走……」

不待他說完，我警惕萬分的看著他，堅定而果決的搖搖頭。

讓我求他，門都沒有！

他想說的我大概知道，他若以齊國儲君的身分將我送回王都，自然無人質疑我的身分，而且近有他率領的十萬大軍，遠有齊國撐腰。荊國王都內的那個所謂的「新君」再有通天本事，也鬧不出什麼事情來。

可求葉紹幫忙無疑是與虎謀皮，他要的一定比給出去的要多。

我的拒絕讓葉紹蹙起眉，他不滿的喋喋不休道：「我頂多要妳五座城池，換妳奪回王位，怎麼算都是一本萬利的買賣。」

五座城池！你知道我們荊國總面積才多大的地啊！抵不過你齊國一個青州啊！你空口白

牙就要了五座城去，明年孤就守著王都做個名不符實的諸侯迎風流淚嗎！

「那四座？」葉紹稍稍讓步。

呵呵，我冷笑。

「三座……半？」葉紹的眉皺得更深了。

呵呵呵。

葉紹居然鼓起臉皮賣起萌的抱怨道：「三座，不能再少了啊！兵餉、馬草，還有戰後喪葬撫恤費，本王都要花費不少呢。」

我驚呆了，你當是菜市場買白菜討價還價啊？

我回給他一句話：「你想都別想。」

葉紹口氣失了耐心，一拍桌子道：「這也不行，那也不行，妳到底想怎麼樣啊！」他沒好氣的扯起我的臉往兩邊拉，「還要不要王位了啊，雲彥！還想不想繼續回去做妳的諸侯了啊！本王這是在替妳著想啊！三座城池換個王位很划算的哦！」

「……」

我額角青筋亂跳，抓起炭筆往他臉上狠狠一戳！

走開啊！知不知道臉會越拉越大，拉成大餅臉就更沒人娶孤了！！

葉紹沒個防備，被我戳得正中眉心，黑忽忽的炭筆從他額頭到臉上劃了個可笑的痕跡。

他冷冷看我，鬆開手抱臂坐回去，冷漠道：「本王改變注意了，本王決定捆著妳去替妳自己奔喪，還能賣給荊國新君一個順水人情。」

我：「……」

他見我沒個反應，繃緊著那張被我畫得和花貓似的臉，陰鷙的笑道：「哦，本王想起來阿彥妳現在是條人魚，渾身是寶。送走之前可得好好利用一番才是。」

我崩潰了，鬼畜幼稚起來也是個鬼畜啊！

總之，不論如何，我都不會割荊國一寸土地給你！

我毅然決然的轉過身離開，葉紹不陰不陽的問：「妳去哪？」

我恨恨舉起紙來：「反正都要被宰了啦，我先吃頓好的去！」

葉紹：「……」

頃刻後，葉紹用他冷如寒冰似的聲音提出了第二條建議：「要不，妳真嫁給本王就是了。」

◆※◆※◆※◆

葉紹這話成功的讓我一夜沒睡著，就算換了個說法也掩蓋不了他的狼子野心。明面上他說得好聽，我嫁給他後，我的國事就是他的國事，他可以名正言順的發兵幫我拿回屬於我的王位。

可是兩國聯姻哪有那麼簡單，表面上好像是我和荊國占了天大的便宜，得了齊國這個靠山，但是弱國無外交，實際上荊國淪為了齊國的附庸。

荊國它窮、它小、它的土壤貧瘠，但它至少是獨立的。只要是獨立的，它的百姓們就和其他國家的臣民們一樣可以挺直腰桿做人，不必低人一等的苟且活著。

我覺得這是多少金銀財寶都無法換回的，所以我沒辦法答應葉紹。

然而，翌日清晨，我疲倦的翻個身將將要瞇上眼，葉紹神清氣爽的出現在我房間，一點都不憐香惜玉的把我晃醒。

「雲彥，我昨日忘記告訴妳了，荊國即將登基的新君是蕭懷之。本王沒記錯的話，他是妳的太傅吧！」

蕭懷之！！

我雲裡霧裡愣了下，驀然清醒過來。

那不是我暗戀了十多年的對象嗎！

不，從今起，應該緬懷他為曾經的暗戀對象了……

葉紹放出的這個重磅消息，使我險些在一剎那推翻了昨晚斬釘截鐵的決心，幸而及時跑出來的理智壓抑住了我熊熊燃燒的怒火，我勉強心平氣和寫字回葉紹：「你騙人！」

葉紹居高臨下蔑視我道：「此事已傳遍荊國大街小巷，本王有騙妳的必要嗎！」

我絲毫沒有因為篡位人不是我爹的私生子而釋懷上半分，反倒因為是自己曾經有點意思的人而更心塞。你說蕭懷之他想要王位，當初從了孤不就成了嗎？搞什麼「師徒輩分、天罡倫理」拒絕了孤，害得青春期叛逆的孤差點砍了他。

現在想想，早知今日，還不如那時候就砍了他呢……

葉紹笑如春水，溫柔的摸摸我的腦袋說：「雲彥，妳還是乖乖嫁給本王吧。」

我：「……」

最終我答應了葉紹，因為我別無他法。

如果是他人便罷了，可篡位的人是蕭懷之，是繼梁太師之後荊國朝內的二把手——梁太師是荊國的左手，那他就是荊國的右手。

但我義正詞嚴的向葉紹提出了幾點要求，例如先幫我拖住蕭懷之登基的步伐，因為就算齊國出兵，我拖著條魚尾也沒辦法出現在荊國朝臣和百姓面前。當務之急，我要先找到變回雙腿的辦法。

最最重要的是：大婚不洞房！

葉紹不以為然道：「洞房肯定是必須進行的，哪有一國世子大婚不洞房的，妳是讓世人質疑我身為男人的能力嗎？」

我：「……」這種能力有什麼好證明的！！

我咬牙繼續要寫，葉紹嗤道：「我知道妳擔心什麼。」他瞥了眼我的尾巴咕噥道：「就算我想，也得妳能啊。」

這倒也是……

大致談妥了條件，葉紹沒有絲毫遲疑的招來手下隱衛，讓他們散播出去：「近來有人在荊、趙兩國邊界看到了疑似荊國國君雲彥的身影。」先一步輿論造勢，讓人知道我有可能沒死。如此一來，蕭懷之這個王位即變得名不正言不順。

我問葉紹：「為什麼是趙國？」

葉紹淡淡道：「單純看趙國不順眼而已。」

我：「……」

真是符合葉世子風格的標誌性回答。

之後，葉紹讓茯苓把白啟拖來，然後他一腳踢醒餓暈了過去的白啟，說：「燕三殿下醒醒，你父王快薨了。」

我：「……」

白啟的形容相當之憔悴，鬍鬚拉碴，眼袋青黑，乍一看哪像個一國王子。得，還沒去趙國呢，就一副飽受摧殘過的小受樣。突然被葉紹踹醒過來，他還有些摸不著頭腦，睜著眼呆滯的看著我們兩人。

我尋思著，這孩子不會餓傻了吧？雖然他原來也不怎麼靈光……

葉紹今天心情不錯，笑咪咪的倚著門又重複一遍原話：「燕三殿下，您父王薨啦！」

他興高采烈的模樣連我這個路人甲都看不下去了，你說白啟心理這麼脆弱，他這一嚇，豈不又嚇得白啟尋死覓活嗎！？

「……」白啟雙頰的肌肉慢慢抖動起來，眼圈迅速紅成兩兔子眼，聚滿了淚水，他悲憤的哭著大叫：「葉紹你這個禽獸！你不得好死！！你拘禁了我，居然還派人刺殺我父王！嗚嗚嗚嗚，父王！！！！孩兒不孝，不僅沒能手刃葉紹，還給您招來殺身大禍！」

我和葉紹：「……」

葉紹轉過頭來問我：「本王看起來有那麼人面獸心嗎？」

我堅定的點頭，舉起紙板：「是的！！！」

葉紹：「……」

眼看葉紹神情不對，我趕忙為自己脫罪，紙板指向嚎啕大哭的白啟：「是他說的！」

葉紹涼涼哼了聲，又是一腳將撞牆的白啟圓滾滾的踢了回去。

白啟怔了一下，歇斯底里的崩潰大叫：「葉紹你不要欺人太甚！死都不讓死，你到底想怎樣！」

劇情有點不對啊，怎麼鬧著鬧著就鬧成他們倆上演跨國虐戀情深，我在一旁看鴛鴦相報何時了？要不要選擇性迴避一下呢？孤陷入了思考。

葉紹沉默了下，乾脆道：「好吧，你去死吧。」

白啟：「……」

「但死之前，你得先交代清楚，是誰對阿彥下的手。」葉紹眼角含笑，只是那笑容沒有什麼溫度。

白啟的態度與之前如出一轍，掛著一臉鼻涕眼淚堅貞不屈道：「都說了我不會說的！」

我在心裡嘆口氣，在我看來葉紹這個問題問得沒什麼意義，因為就目前形勢來看，之前刺殺我的人除了蕭懷之，別無他人。

老實話，孤挺鬱悶的。

蕭懷之是我第一個喜歡上的人，沒什麼原因，日久深情。我從王女登基為王，他亦從我的少傅變成太傅，十餘年的朝夕相處，孤很自然的動了情。但孤有自知之明，天煞孤星嘛，害己就夠了，不能害人。但也有句話叫人不輕狂枉少年嘛，有次藉著宮宴半醉半醺，孤大膽的向他表白了。

表白的同時，孤就失戀了。

蕭懷之說：「於道義，您是君，我是臣，萬不能僭越；於倫理，我是師，妳是徒，亦不得逾矩。君上錯愛，臣惶恐。」

孤哦了聲，不死心的問：「你難道不是害怕孤的煞星嗎？」

蕭懷之默然良久，慢慢道：「有點。」

「……」過了一會兒，孤捂著心口道：「你可以委婉點，真的……」

唉，說一千道一萬，一句話，孤命不好。

憶及此，我不禁想到了葉紹。荊國國君的煞星命盤天下皆知，葉紹肯定也知。他到底是打哪來的勇氣，要娶孤回去的？

趁著白啟哭哭啼啼的間隙，我把這個疑問鄭重向葉紹提了出來。

葉紹的臉色變得肅穆起來，我心中一喜，莫非他就此可以打消了娶我的念頭？

葉紹捻著袖口，沉吟了下道：「任何事都有雙面性，妳看妳命格剛硬，本王娶妳回去……」他衝我輕鬆一笑：「沒準兒過不了兩天，敵國皇帝就被妳剋死了呢？哈哈哈哈哈！」

我：「……」

明明知道他是在開玩笑，但這種「突然天煞孤星的我就高大上起來」的微妙心情是怎麼回事呢？

葉紹摸摸我的頭，欣慰不已道：「我原以為妳嫁我並不多甘願，原來阿彥妳竟是如此替我著想。」

我面無表情回給他三個字：「想太多。」

葉紹：「……」

白啟坐在地上哭腫眼睛，看沒人理他，聲音漸漸變小，他抹著眼淚道：「我想了很久，我父王本來就快掛了，就算你很沒人性，但也犯不著去刺殺他。」他仇恨的瞪向葉紹，「你是在騙我的對不對！？」

葉紹默了默，對我道：「我真的不能殺了他嗎？」

我：「……」

這個燕國三王子怎麼就那麼二愣子呢！你說你罵葉紹和我一樣在心裡罵就好了，何必說出來找死呢？

白啟不開口，葉紹自然有對付他的手段。葉紹揮揮手讓拎著鞭子的茯苓進來，然後淡淡指示：「不開口，先打個五十鞭玩玩。」

玩、玩玩……

我一頭冷汗。

白啟也是一頭冷汗，茯苓手裡的鞭子不是一般的鞭子，那鞭子如孩童手腕般粗細，一節一段倒刺，光看著就肉疼。

白啟一見鞭子就渾身抖得和篩子一樣，茯苓將鞭子沾沾鹽水才舉起來，他就崩潰的大喊道：「我說我說！！」

我：「……」

我不由得唏噓，有這麼個不爭氣又傻的兒子，燕王活到現在也怪不容易的。

「其實我知道的也不多，只是從我父王那偷聽了些許。那日下朝後，丞相李准領了個陌生人去了父王書房，我見那人戴著兜帽遮遮擋擋形容可疑，就尾隨了過去，躲在隔壁偏殿。因為隔著堵木牆的緣故，裡面的說話聲模模糊糊，只斷斷續續聽到他們說什麼荊國國君、聯盟什麼的。」

「我起初當是阿彥妳派的使臣過來商量兩國結盟，但若是如此，自可大大方方而來，何必鬼鬼祟祟。我心生疑慮便貼著牆繼續聽，隱約聽見了『命不久矣』的字眼。奈何他們有意克制聲音，我始終聽不大清。等李准與那人走了後，我尋了個時機去問父王。未曾想到父王會臉色大變將我轟了出去，更勒令我自此不要再去荊國，更不要與妳有所往來。」

我抖抖嘴角，打太學畢業後你基本上就沒和我往來過好嗎？

白啟抬頭看著我，「這事過後，我怎麼想怎麼不妥，便想著辦法瞞過父王去荊國找妳，好提醒妳。但沒想到……」他一臉懊悔道：「若我早兩日動身，阿彥妳就不會遭奸人所害，變成這般模樣，還落到……」

礙於鞭子的威懾力，他沒有將葉紹說出來。

他一說孤就想起來了，沒遇刺前的一段時間戶部尚書曾與孤提起過，說是燕國突然單方面毀約，不再與我國進行貿易往來。這事其實也不是第一次發生了，在我父王為政期間，周邊五國基本上都因為欠債不還的問題和荊國鬧過絕交。

這不是什麼大問題，大不了等還清了再建交就是，我父王如是教育我。

所以戶部尚書提起時，我壓根沒往多壞的地方想。

卻沒想到這裡頭竟還有這一齣，那個去燕國的人應是蕭懷之的人吧。

葉紹的關心點與我不同，他問：「那她的腿是怎麼回事？」

白啟露出為難之色，茯苓鞭子一舉，他痛哭流涕道：「這個我就真的不知道啦！」他費力的回想了下，不確定道：「那日我似乎是聽到了詛咒兩字，但……穆朝開國至今，遇刺身亡的諸侯不少，也沒一個聽說是被咒死的吧……」

是啊，沒一個被咒死，但或許有一個被咒得變成條魚的就在你面前啊！

還有啊──這是哪門子的詛咒啊！這真的不是蕭懷之在故意整我嗎？？？？

我與白啟的想法基本上想通，也不大相信這是個狗屁詛咒。可現實擺在面前，孤確實擁有了一條貨真價實的金魚尾。除了葉紹說的人魚肉能長生不老外，唯一給予我的好處大概就是──我能在水裡暢通無阻的呼吸。

指節敲打著門框，葉紹靜思了一會兒，問了個風馬牛不相及的問題：「雲彥，妳的狻猊玉珮呢？」

我遲鈍的望了他一眼，等他朝我翻了個恨鐵不成鋼的白眼，我「哦哦」的反應過來，寫道：「呃……丟了？」

葉紹和白啟：「……」

葉紹有點崩潰道：「這麼重要的東西妳都能丟！？」

我不好意思的吶吶低頭。也不能全怪我啊，這兩個月內發生了太多亂七八糟的事，你突然問我玉珮去哪了，這……我費盡腦筋的回憶著，我記得出巡時我是戴著玉珮的，但落海後醒來就沒了。

我試著寫下：「掉海裡？」

葉紹的神色相當冷峻說道：「那本王就把妳丟進海裡去找，直到找到為止。」

我：「……」

這個神經病說出來的話一定會做到的！

我又開始苦苦回憶，好像遇刺時我身上並沒戴著狻猊玉珮，那就是之前在路過別宮換衣服時留在那了？

在葉紹逼視的目光下，我抖著手寫下：「可能在別宮。」

「妳失蹤不見，蕭懷之為了掩蓋真相，他一定會派人到處尋找妳殺了以絕後患，同時為了名正言順的將妳取而代之，他也會盡一切的可能找到狻猊玉珮，到時候會說妳臨死前下過密旨把荊國託付給他，玉珮就是憑證。」葉紹有條不紊的一一說道：「所以我們要在他之前找到玉珮，玉珮也是證明妳身分最有力的證據。」

他稍微估算一下時間，「葉嶺和先行軍已趕往雁門關，事不宜遲，在開戰之前我們必須拿到玉珮與他們會合。」

哎？剛剛不是還在說我的尾巴嘛！

葉紹彷彿聽見了我的心聲，解釋道：「妳的尾巴和蕭懷之篡權這件事應該是兩碼子事，妳落海不死反變成人魚，應該在他的計畫之外。」

他頓了頓，又道：「或者說是計畫內的計畫外。」

我和白啟同時用茫然的神情表示完全跟不上葉世子的節奏啊！

葉紹溫柔如水的揉揉我的臉，「乖，本王一定會在大婚前想辦法讓妳變回來的。」

我突然打了個哆嗦，還、還是不要了吧……

葉紹果決道：「事不宜遲，現在我們就去別宮。」

白啟可憐兮兮的問：「能把我的玉珮還給我了嗎？」

葉紹冷酷的拒絕了：「不能。」

白啟：「……」

我於心不忍的拉拉葉紹的衣袖，人家到底是一國世子，這麼欺負他，很影響兩國友好關係的！

葉紹不情不願的略略停住步伐，「看在本王未婚妻的面子上，派人遣送你回國好了。」

白啟哀莫大於心死道：「我不回去啦！反正沒有玉珮回去，父王也會被我氣死的啦！」

我：「……」

第七章

奇怪的小孩

為防不測，當天我們便馬不停蹄的奔赴靖州偏宮。為了與蕭懷之爭奪時間，葉紹選擇了棄車騎馬而行，其他人都沒有問題，難就難在我身上。僅有一條魚尾的我與精壯的烏夜啼無言對視，烏夜啼退後兩步，表情似乎有些驚悚。

換了身緊身騎裝的葉紹站在我身後嘲笑道：「嘖嘖，長得馬都怕妳。」

「……」我默默舉起紙板：「總比長得連人都怕的你好！」

葉紹：「……」

耷拉著腦袋的白啟一步三慢的磨蹭過來，對於和葉紹同行這件事他非常的不情願，奈何受制於人，他亦沒精打采的牽來一匹馬。看到我為難的坐在輪椅上，他精神為之一振，「阿彥，妳不方便騎馬吧。要不我載妳同行？」

葉紹從鼻腔裡發出一個「哼」字，然後就見茯苓二話不說拎過白啟一甩手，把他扔到了馬上……

不待我同情一下白啟，緊接著葉紹一把攬住我的腰扛到肩上，猛地一個天旋地轉，無聲尖叫的我已被丟在了馬背上。

他的力道不重，奈何我早上吃得有點多，被他這一摜，五臟六腑堆擠在一處，壓迫著我的胃分外難受。我一個沒剎住，趴在馬鞍上止不住的乾嘔起來。

跟著上馬的葉紹虛情假意的撫摸著我的背說：「都說了，讓妳少吃點。看吧……」

少來！別以為我沒聽到你憋不住的笑聲！我心中淚水漣漣……你傷害了我為什麼還一笑而過！

不知死活的白啟還靠過來火上澆油，他萬分揪心的看看我又看看葉紹，哆嗦著嘴脣問道：「這麼快，這麼快就……有了嗎？」

我：「……」

有你這個頭啊！我這樣子像是能有的人嗎！你倒是先和條魚生一個給我看看呀！！

葉紹不以為恥、反以為榮，得意洋洋的馭馬前行，還好心的提醒我：「雲彥，有了以後可得小心點了，那可是我們齊國未來的王孫。」

我：「……」

我恨不得有十個中指比給他！

◆※◆※◆※◆

靖州在荊國王都西南之地，最快的途徑是橫穿王都直達此地。然考慮到王都周邊鐵定布滿了蕭懷之的眼線，而我們的身分又太過特殊，葉紹思慮再三，擇了一條繞過王都、遠離繁華地帶的稍遠之路。

荊國大部分地區是丘陵地帶，地勢綿延起伏，雖不至於陡峭險阻，但對顛在馬背上的我，就有足夠的苦頭吃了。縱使葉紹白天途中偶爾休息片刻，但到了晚上他抱我下馬時，我的屁股已經感受不到任何知覺了……

篝火那頭，茯苓正忙碌的準備著食物，白啟縮在那頭朝我這邊伸頭縮腦，然中間葉紹大爺懶洋洋的盤踞著，他蠢蠢欲動的表情掙扎了兩下就熄滅了。我姿勢彆扭的歪在角落裡，動一動，屁股就火辣辣的疼，坐也不是、躺也不是。

我欲哭無淚，試著輕輕摸一摸，感覺那兒的鱗片都磨薄了。嗚嗚嗚，要是沒了鱗片，我豈不是裸奔了嘛！

正自我檢查時，我感受到了一束奇異的視線投在我身上，循著望去。

葉紹眼神異樣，他望著我擱在屁股上的手笑了笑，笑得我充滿了不祥之感。

他說：「雲彥，妳的癖好還挺獨特。」

我：「……」

你以為誰都和你一樣是個變態嘛！

頭頂驀的罩下一片陰影，葉紹將我打橫抱了起來走向樹下陰暗處。我才要疼的叫嚷，卻發現他輕巧的避開了我尾巴上的傷處，沒有沾到絲毫。

白啟在那頭弱弱的叫了聲：「你要帶阿彥去幹嘛！」

葉紹頭也沒回說道：「帶她出恭。」

我和白啟：「……」

這種情況下出恭，我怕成為第一條得痔瘡的人魚啊！

葉紹坐在樹下，將我橫放在膝頭，手在袖裡不知摸些什麼，嘴上不忘絮叨著嘲諷我：「變成人魚還嬌氣成這樣。」

我趴在他腿上一時不知他的意圖，轉過頭去又被他不甚溫柔的按了下去，「別動。」

「你要做什麼？」我寫了張小紙條。

「妳猜。」

我：「……」

葉世子你言情小說看多了吧？你猜我猜你到底猜不猜的戲碼一點都不適合我們倆啊！每天一睜眼我們都在用言語互相傷害，你捅一刀來我刺一劍去，你居然還玩起來了心有靈犀，對你這個鬼畜來說不一向是天若有情天亦老，人若有情死得早嗎？

忐忑不過須臾，屁股忽然抹上了一點清涼，我禁不住從頭髮絲到腳尖一個顫抖。接著那點清涼被勻勻抹開，滲入魚鱗的間隙裡，霎時火辣的疼痛緩解了不少。

這時候再反應不過來葉紹在做什麼，孤就傻得和白啟一樣了。

他在為我上藥。

得知這一結果後，我的脖子和臉立刻紅成一片，燙得我動也不敢動。葉紹這廝向來沒規沒矩，沒事就喜歡在我尾巴上摸一把。但大多時候他都是沒個正形的在開玩笑，你要和他較起真來，他反倒會嬉皮笑臉的說得你面紅耳臊。

像這樣一本正經的為我上藥，我說不上來的不適應。萬幸月出夜落，紫黑的夜色遮住我灼燒的面色。我的臉很熱，尾巴上那處卻很涼，傳來的觸感亦是分外清晰。

葉紹邊抹藥邊絮絮叨叨：「都快磨破了也不說，腫成這個樣子，摸起來一點彈性都沒有。」

我：「……」那點點感動迅速灰飛煙滅，渣都不剩。

「好了，今晚多休息，半夜上馬時妳趴在我懷裡就是了。」葉紹塞上藥瓶放回袖中，他咦了聲：「雲彥妳心跳為什麼那麼快？」他狐疑的攬住我的腰扶起來仔細瞧著，「臉也紅的厲害。」他想也未想，額頭貼了過來說：「不會傷口化了膿，發燒了吧？」

我：「……」

一對上他的眼睛，我心裡就慌得很，眼神飄來飄去，拿著炭筆快速寫下一行字想轉移話題：「唔，你照顧人還挺熟練的啊。」

葉紹自豪道：「那是，本王可是專心研讀過《魚類的飼養方法》之類的書籍。」他又頗為納罕道：「可是書裡沒提過金魚會發燒呀。」

我：「……」

果然不能對這個神經病寄予什麼太過正常的期望。

因著傷勢，我只能趴在葉紹懷中，這個姿勢時間久了就比較尷尬。因為我胸前的某個部位……不可避免的挨著他的胸膛。他兀自在那研究著「金魚發燒該如何治療」這一科學命題，我依偎在他懷中艱難的想一寸寸挪出來。

不想才悄悄推離他幾分，攬在我腰後的手又是一緊。

「亂蹭什麼，一會兒蹭到地上去又要本王幫妳洗尾巴。」

我：「……」

我、我是屁股傷了又不是手殘了！我可以自己洗的！

抱著抱著，葉紹沒了聲息。我偷偷抬頭，他雙目闔起，長眉間皺著抹淡淡的疲倦。他睡著了？

葉紹甚少露出如此鬆懈的一面。他這個人很矛盾，對任何人與事他似乎都是漫不經心、不在意，可是也是這樣的漫不經心，他料理了他謀反的師父、擺平了齊珂，同時在他父王病倒時還有條不紊的處理完一件件國事……

我看著看著，忽然想起來，似乎從我們趕路起葉紹幾乎沒休息過。白日我在馬上雖然顛得厲害，但累了還能窩他懷裡瞌睡一下；到了晚上我蜷縮在毯子裡，半夜偶爾醒來時見到的葉紹仍是就著火光凝神看書，閒著的那隻手搭在劍柄上。

「看得入迷了？」葉紹眼睛仍是閉著的，脣角卻是挑起，「都快成親了，想看就大方點看。」

我：「……」

像作賊被抓到一樣我全然不知所措，慌張之下我索性頭一埋。

葉紹：「……」

「剛剛不睡，現在可就睡不了了。」

耶？什麼意思？

天穹無星，唯將將東升的一輪滿月灑落淒清輝光。風颳得樹葉沙沙響，蒼蒼夜色下四野荒寂，除卻燃燒的篝火聲與白啟已經打起的鼾聲，我聽不到任何聲響。可葉紹的身體卻是緊繃著如一張拉開的弓，他像一匹嗅到獵物的狼，暗沉的瞳眸裡沉澱著危險的光芒。

我被他緊張的氣氛所感染，伏在他懷中呼吸都輕了幾分。茯苓不見了蹤影，不知潛伏到了何處。

來者是誰？蕭懷之的追兵，還是刺殺葉紹的人？

很快，我也聽到了草叢中窸窸窣窣的響聲，又輕又密，飛快的從四面八方朝篝火堆包圍過來。在遇刺這事上，我和葉紹都屬於經驗豐富、經歷老道的人士，各自相當鎮定。我睜大眼睛四下看去，葉紹則挾著我匍匐著身子悄無聲息的縮到了樹後。

明亮的火光處，白啟毫無察覺的呼呼大睡，我於心不忍的在心裡慢慢為他掉淚……

寂靜的黑幕下，遠方夜梟一聲尖銳的啼叫，「刷——」密集的長草間高高躍起數道黑影，映著火光的長刀像閃電劃破了夜的寧靜。刀光如冰雨，片片迅疾的落向白啟。熟睡著白啟忽然一個顫抖，犀利的朝旁邊打了個滾，躲過砸下來的刀刃。

劈里啪啦，頓時刀光劍影交織成一片，看得我眼花繚亂。

到這時，葉紹仍是無動於衷的隔岸觀火，絲毫沒有上去幫忙的打算。

纏鬥了近一刻，白啟寡不敵眾，漸漸體力不支，落於下風。

我捅了捅葉紹。

葉世子掀唇一笑：「殺雞焉用牛刀。」

我：「……」

我抖了抖，離他遠了點。把白啟當作替死鬼不說，現在搞不好還想著藉他人之手把燕國這三王子做掉，心太髒了！

白啟身手是不錯，奈何對面人多勢眾，終於他忍不住哇哇大叫道：「葉紹你不得好死！！嗚嗚嗚，人家做鬼都不會放過你的！！！」

我：「……」

黑衣人們身形頓時一滯，顯然發現自己打了半天，結果搞錯了目標。我聽到其中一個壓低著嗓門問道：「大哥怎麼辦？」

另一個果斷回道：「先把這傻子幹掉再說！」

我和白啟：「……」

白啟大吼一聲：「士可殺，不可辱！！！」

然後，他就被掀翻在地了……

眼見著白啟要捨身成仁，埋伏已久的茯苓驟然衝出，打了個眾黑衣人措手不及。關鍵時刻，白啟也沒失常，兩人合力，一鼓作氣將對方輪番擊破。

至於葉紹呢，他正閒悠悠的摸出一袋瓜子仁，時不時撚上一把餵給我吃……

我用眼神鄙視著他，他低頭看我說：「不吃我就收回去了。」

「……」我、我要吃！

於是我們倆躲在角落裡分享完一袋瓜子仁，待茯苓制伏了最後一人，他才丟掉空袋子，拍拍衣襬，將我安置好後慢悠悠的從樹後走出，問道：「誰派你們來的？」

這些刺殺者皆是訓練有素，在落敗的一刻紛紛咬毒自盡，唯有一人想是牙口不夠靈活被茯苓眼疾手快卸了下巴才未能得逞。

說真的，我挺同情他的，與其面對葉紹還不如自盡來得好。葉世子猛如虎啊～

黑衣人一身血汙蜷在地上不說話，茯苓取走了他口中毒藥、安回了下巴，他才吐出一口血便罵道：「葉紹你這個禽獸不如的畜生！」

白啟一樂：「兄弟好眼光。」

在場所有人：「……」

不得不說，燕三世子每天都在作死這條大道上慷慨前進，越作越死，勇氣可嘉。

黑衣人猶在那朝著葉紹罵罵咧咧。

葉紹容色紋風不動，彷彿對方口中那個「心如蛇蠍，殺人如麻的魔鬼」並不是他一般。

從小教養甚好的白啟都聽得臉發綠了，鬼鬼祟祟問茯苓：「罵得這麼難聽，他怎麼沒什麼反應呢？」

面癱臉茯苓沒有吭聲。

倒是葉紹很淡定的來了一句：「他說的都是實話，有什麼好氣的？」

刺客君和白啟：「……」

我頭一次覺得葉紹這麼有自知之明！

「姐姐，原來妳在這啊。」

趴著偷窺的我，突然聽到背後響起一道稚嫩的童聲。

我回頭，藉著側漏過來的火光，我瞧見了蹲著人的模樣。

是個十歲左右的小男孩，衣飾很奇怪，不像中原人，也不像番邦人，似是花裡胡哨的一堆布片隨意縫接在一起。他捧著個青銅小罐子、眼神專注的看著我，我慢吞吞舉起紙板：「你是誰？」

他甜甜一笑：「和他們一起的人啊。」

他們？我下意識的看往篝火旁倒下的凌亂屍體。還沒回頭，耳邊刺啦一聲響，似刀尖重重刺在某物上。

我下意識的看向尾巴，還好，只被劃破了一道口子，血流涓涓的流過魚鱗，像一條蜿蜒紅線。

小男孩手裡造型怪異的匕首掉落到在一旁，他的脖子上架著葉紹剛剛暗中留給我的短劍。他哇哇咧咧的大叫：「姐姐妳賴皮！妳居然像齊國那個壞世子一樣學壞了！」

我：「……」

我咧！這種人身攻擊的侮辱我不能忍啊！葉紹那種腹黑到人神共憤的鬼畜，那是一般人能達到的高度嗎！

小男孩大大的眼睛紅成了個小兔子樣，看上去分外招人疼。他嗚咽著道：「姐姐，我錯了，妳不要欺負人家。」

短劍向前壓緊了一寸，一縷細血順著劍槽流出，這會兒他是真哭了，「哇！」卻沒敢再動分毫。

葉紹他們早被這邊的動靜驚動，我不敢有絲毫放鬆，始終牢牢握著短劍壓在他脖子上。不是我虐待未成年人，這小鬼實在太不能以常人度之。先是用黑衣人作誘餌吸引住了葉紹他們的注意力，再悄無聲息的出現躲在我的身後。想起方才，我還心有餘悸，我若躲得慢了一分，他的匕首就會準確無誤的切開我的尾巴……

小鬼抽著紅通通的鼻頭警告我：「姐姐，那個罐子妳最好不要隨便摸哦。」他撇撇嘴，緩緩說道：「裡面都是人魚肉熬出的魚膏呢。」

我：「……」

有沒有搞錯！除了起死回生、醫治百病外，孤居然還能被煉成「豬油」？？？

葉紹幫我包紮傷口，當著白啟等人的面，他不能有所動作，只是無比遺憾的嘆了口氣。我被他的眼神看得毛骨悚然，打個比方吧，他就像一隻虎視眈眈盯著魚缸裡的貓，而我就像一條隨時都要被他一爪子抓出來吞入腹中的魚……

我瞪了瞪磨磨蹭蹭的他，他咳了聲正正容色，可他的動作卻是一點都不規矩……握住我腰部的掌心別有意味的摩挲來摩挲去，我被他摸得有點疼，又狠狠瞪了他一眼，他方才慢慢鬆開手，卻見他舔了舔沾在指尖的血，嘖了聲：「阿彥，妳的味道還是一如既往的好。」

我：「……」

葉世子你用這麼奇怪的口吻說出這麼奇怪的臺詞真的沒問題嗎！別人會以為我們在做一些很奇怪的事情呀！

明知道葉紹只是對我的血有所覬覦，我還是禁不住紅了臉，氣鼓鼓的拍開他的手，放下衣裳。

葉紹不死心的想再挨過來，被我一尾巴拍在了他臉上！

葉紹：「……」

擱平時這麼拍他，他早呵呵冷笑著十倍反加諸在我身上。但今天我大大小小受了不少傷，葉紹隱忍的按捺住了怒氣，讓那小孩過來，他散發著凜凜煞氣，面無表情問道：「叫什麼，從哪來，過來找什麼死？」

別說那小屁孩，就是白啟和茯苓都被他這個閻王樣震懾到了，一時場面寂靜得跟座墳場似的。

小屁孩戰戰兢兢的看著葉紹，葉紹發出他標誌性的冷笑：「小小年紀便如此心腸歹毒，日後定是為禍一方。」

我：「……」

他這話怎麼有點耳熟呢？

白啟嘖嘖口水嘀咕道：「我怎麼感覺他是在說自己呢。」

「……」我、我也只能深表贊同呢。

有葉紹這座冷面煞神在，小男孩很快一五一十的吐露了個乾淨。他稱自己是被葉紹率領大軍滅的南方某國的王室後裔，名叫宗楚，因為背負國破家亡的血海深仇，所以特意來找葉紹報仇的。

孤依稀記得若干年前，穆朝的南方版圖曾經存在過一個王姓為宗的異邦小國，此國國小人少，隱秘於峻嶺叢林之間，非常神秘莫測。小國和穆朝井水不犯河水的相處了近百年，直到有一日穆天子突然發令，要葉紹率兵踏平此國。正在東南沿海一帶剿滅海賊的葉紹欣然領命，順便一揮手就把這國拿下了。

這場戰事雖然最後由葉紹取得了勝利，但穆朝軍隊為此付出了極大的代價，出征五萬人，歸來不足萬餘人。據孤所知，戰事之所以如此慘烈，是因為那個小國王室信奉海神，精通巫術，硬是憑此與葉紹的五萬大軍血戰到最後一人亡國。

這就是小國的悲哀，於他們是天翻地覆的毀滅，而於穆朝不過是在它輝煌歷史上輕描淡寫的一筆。

在政治上，從來沒有對與錯、黑與白，只有輸和贏。普通百姓對那場戰事知者寥寥，而如孤這樣知道的，大多也是唏噓幾句便很快忘在腦後。只是孤一直很好奇，當初穆天子究竟是為何要攻打此國？

宗楚一把鼻涕一把眼淚說完，很有骨氣的梗著脖子道：「你要殺就殺吧！反正我不死，總有一天要找你報仇的！」

我搖頭，年輕人啊，太不理智了！你看葉紹仇人如過江之鯽數不勝數，留條性命到最後，沒準兒你們還能成立個復仇者聯盟什麼的，報仇雪恨！

葉紹垂眸淡淡看他：「撒謊。」

宗楚一僵。

葉紹目光投向我，問他：「你若是找我報仇，為何要去殺她？」

宗楚神色一滯，眼珠子轉得極快，他挺挺胸膛理直氣壯的回道：「因為她是你老婆啊！」

我：「……」

我好後悔，真的，如果上天再給我一次機會，我一定不會答應嫁給葉紹。孤是在用生命陪葉世子玩這個角色扮演遊戲啊！

葉紹這廝居然還贊同的點點頭，「你說得對。」

說得對不代表葉紹就會放過他，這世上得罪了葉世子還能逃出生天的人，估計還趕在投胎的路上。

葉紹沒有殺了宗楚，而是讓茯苓搜去他身上叮叮噹噹所有奇怪的東西，和白啟丟一起做對難兄難弟了。

一場莫名其妙的刺殺只是稍稍耽誤了我們的步伐，稍作休整之後，我們便重新啟程奔向別宮。

◆※◆※◆※◆

我問葉紹：「你為什麼帶著宗楚一起同行？」

葉紹瞥我一眼，抿脣道：「本王有種預感，他和妳變成人魚那件事有著脫不了的關係。」

孤感嘆，男人的直覺啊，真是深不可測～

在抵達行宮前，我不甘寂寞的問了宗楚一個困擾多時的疑慮：「你既然通巫術，為何不乾脆直接做場法搞定了葉紹？」

宗楚白了我一眼，說：「大嬸，有點常識行不行啊？不是什麼人都能被咒死的！像葉紹這種有真龍之命的人，咒一下我下幾輩子都得在畜生道裡打轉！」

我：「……」

第八章

雲彥我答應妳

一句大嬸導致我到偏宮時都還處於恍惚的狀態，等葉紹抱起我往山裡走時，我一把揪住他的袖子，激憤不已的揮出一把草書：「這天下居然還有和你這麼神似的熊孩子！！還給不給別人一條活路啊！」

葉紹語調高高的嗯了一下，神情危險。

我立覺不對，趕緊改口：「這小子太不識抬舉，我要揍死他！」

葉紹這才神態安詳的平平嗯了聲，拍拍我的屁股，說：「放心，以後我們的孩子不會像他這樣不懂事的。」

我：「……」呵呵，有你這麼個父王，天下蒼生的未來一片黯淡好嘛！哎？？孤什麼時候同意要給你生孩子了啦！

心情糾結時，葉紹捏捏我鼓鼓的臉，「怎麼又一副受氣包的樣子，沒吃飽還是怎麼了？」

「……」我瞪他，難道在你眼裡我只有沒吃飽時才會生氣嗎！

葉紹哂笑：「不是嗎？」

好、好像也是……

被茯苓押在後頭跟著的宗楚不耐煩的對白啟冷嘲熱諷道：「看什麼啊？再看也不能看成你的老婆。喲，還哭起來了，哭什麼啊，沒出息！」

我和葉紹：「……」

葉紹不以為然嘀咕一句：「誰說這小子和本王像了？本王小時候可比他乖巧懂禮多了。」

「……」我禁不住扶額，你到底從哪來的自信說出這種話啊！

◆※◆※◆※◆

蕭懷之此人能以三十不到的年紀登臺拜相，不僅是因為他才華出眾，更是因為他心思縝密。顧慮到這一點，我們並沒有貿然闖入偏宮之中，而是繞向宮殿後山先行觀望局勢，大致確定偏宮內沒有大量兵馬駐守，才決定由葉紹和白啟二人潛入宮內搜尋玉珮，茯苓留下來照顧我和宗楚，順便接應他們。

我本來想要和他們同行的，但一想自己行動不便的尾巴，便訕訕作罷，只盡可能詳細的向他們二人描述了偏宮的布局，和玉珮可能留存的地方。在這時，我大荊國窮的好處就體現出來了——作為一國之君的行宮，山腳下的這座宮殿規模也就比齊國尋常大戶人家稍微寬敞點而已。

不知為何，目送葉紹他們下山時的我心裡總是隱隱不安，葉紹叮囑完茯苓後轉身步入夜色中，我不由自主的拉住了他的袖子。

葉紹一怔，回首看我。

我的心有些亂，更亂的是我不知道它為什麼而亂，拉了袖子半天我也沒擠出一個字來，最後還是葉紹囂張又得意的笑道：「本王就知道阿彥妳口是心非，捨不得了吧？哈哈哈！」

「……」要是有腳，我一定把他連著這討厭的笑容一起踹下山去！哼！

就在我撒手甩開他時，手背忽然覆上了個寬大的掌心，有些粗糙，也不是很暖。

葉紹笑嘻嘻的在我手背上輕輕拍了拍，「放心，本王很快就回來。」然後他就頭也不回的走了，順手還粗暴的拖走了眼睛濕漉漉、也想湊過來摸一把的白啟……

宗楚叼著根茅草盤腿坐在地上，無精打采的望著靜臥在夜色下的行宮，「大嬸，讓面癱把我的罐子還給我行不行啊？」

我面無表情的拔出了匕首。

「……」宗楚摸摸脖子，縮縮腦袋沒再出聲。

過了片刻，他又耐不住寂寞的唸唸叨叨：「大……姐姐，妳這麼依依不捨的望眼欲穿，不會真喜歡上齊國這個世子爺了吧？我和妳說哦，葉紹為求目的不擇手段還凶殘成性，妳這種低智商低情商完全不是他的對手嘛。」

我：「……」

雖然他好像是為了我著想，但我一點都沒辦法感動起來……

所以我選擇了沉默，反正我也是個啞巴。

遙想當年，孤也是個意氣風發、處於吐槽之巔神一樣的少女。大概是前十幾年碎碎唸太多，老天終於忍無可忍的取消了我說話的這個技能點。起初我挺鬱悶的，有條魚尾淪落成非人類就算了，連話都不讓我說；不過後來我發現，跟在葉紹身邊，很多時候根本不用我多說，他都會明白我在想什麼、做什麼。

我覺得很神奇，也曾一度猜想過他是不是精通讀心術什麼的。後來嘛，後來也就自然而然的習慣了，有時竟然會冒出個奇異的念頭：這世上有個人不用你說、不用你做就知道你想什麼的人也挺好的。至少他能準確的知道我什麼時候餓……

「話說回來，姐姐，妳最好呢，還是不要喜歡上他比較好。」宗楚打了個呵欠，左看右看，最後順著我的尾巴爬到我懷裡……

我默默揪住他的領子要把他丟下去，他蜷著身子瞌睡連天道：「人魚一族和陸上人的戀情，自古以來都沒有好結果的。」

然後，他就伏在我懷中呼呼大睡。

我呢，我匪夷所思的看著他，一頭黑線。

我喜歡上葉紹？？開玩笑吧！！！

誰見過一條魚喜歡上一隻處心積慮吸乾她的血、吃光她的肉的「貓」來著！？我是個三觀正常、生活樂觀的正經人好嗎！一點都不喜歡「你虐來，我受去」好嗎！虐身又虐心這種只需要一張床搞定全過程的戀愛真的不適合孤這樣純淨水一般的新一代好國君啊！

整理完自己澎湃的心情，我想到這小鬼剛剛說的一句話，什麼叫自古以來？難不成我並不是第一條出現在穆朝的人魚？可是孤這個情況比較特殊啊，孤一開始並不是人魚，孤是因為一場殺千刀的刺殺，才莫名其妙的有了一條魚尾。

我這人向來比較勤學好問，一旦有了疑問就立刻不停歇的去吵醒宗楚……

宗楚才抱怨出一個字「煩」，突然一直默然佇立在身後的茯苓一個縱步到我身前。我不由得抬頭看去，山腳下原本寂滅無光的行宮此時火光大亮，人聲鼎沸……

茯苓一手扛著我、一手拎著宗楚往山中疾跑。樹枝、花叢、缺月剪影般從我眼前掠過，我的心跳得又快又雜，緊張得呼吸困難。雖不知山下情形究竟如何，但有一點我很明確，我們還是著了蕭懷之的道了。

蕭懷之畢竟是教了我多年的老師，他瞭解我如我瞭解他一樣。或許他也不確定玉珮在何處，但只要有一線可能，以他謹慎縝密的性子就不會放過。他猜到了，猜到如果我活下來了，就一定會回來揭穿他的陰謀。而於此，我就必定需要狻猊玉珮。

從事發到茯苓將我們送到山坳的水潭，也不過一炷香的時間，我腦中已然充斥了許多種亂七八糟的想法。從我要不要乾脆和蕭懷之面對面來個霸氣側漏的王者對決，到「別傻了，他正樂呵著等妳自投羅網呢」，最後我唯一的想法是：葉紹他們有沒有事？

葉紹說到底是為了我才以身犯險去行宮，蕭懷之會不會藉此剷除掉這個令其他四國甚至是天子都為之忌憚的齊國世子……

在水潭邊坐了一刻，風吹得我冷靜了下來，我慢慢覺得自己想多了。

因為去的是葉紹。

我環視山坳，茯苓能如此迅敏熟悉的找到此處，想必葉紹早有了布置。

「姐姐，妳說他們現在是死了還是掛了啊？」宗楚蹙著小眉頭，一本正經的擔憂著：「這劇情發展太快了啊，葉紹怎麼就這麼死了呢？我還沒報仇雪恨呢！」

我：「……」

我一巴掌甩在了他後腦勺，打得他哇哇大叫。

過了一會兒，我寫了一行字：「禍害遺千年。」

宗楚沉默了下，肯定的點頭附和：「妳說得對。」

所以我們倆該發呆的發呆的，該嗑瓜子的嗑瓜子。╮(╯▽╰)╭

等到月上中天，西邊長草叢由外及裡一陣噪雜，夜鳥驚飛數隻。白啟頂著一頭亂草骨碌碌滾了出來……

我和宗楚：「……」

我抬起頭往草叢深處望去，有個身形漸行漸近，莫名的，已經平靜下來的我重新緊張了起來。魚尾漫無目的的掃來掃去，直到那人眉眼清晰的出現在月光下。他的儀容不算整潔，看上去只比白啟稍微好點，可是嘴角一如平常的噙著笑，明明那樣狼狽，提劍而行的他卻如閒庭信步。

腦子中驀然蹦出兩句並不應景的詩來：趙客縵胡纓，吳鉤霜雪明。銀鞍照白馬，颯沓如流星。

走至我身前的葉紹微微彎身，張開手掌，狻猊形狀的玉珮泛著溫潤的光芒，他說——

「雲彥，我答應妳，替妳拿回來了。」

葉紹的這句話一頭刺進我心裡，竟是叫我無端的不知所措起來，吶吶的看了看玉珮，又看向了他。

葉紹乜著眼瞄我，突然捧腹爆發出一陣哈哈大笑：「雲彥，妳是不是感動壞了！嘖嘖～看看妳嬌羞得連尾巴都蜷起來了～」

我：「……」

宗楚看不下去的別過臉小聲說：「小爺我看走眼了，這一對都是情商低破地平線的。」

臉上充血的我一把拿過玉珮，把我那嬌羞的魚尾巴狠狠甩在了他的臉上！誰害羞了！

葉紹：「……」

◆※◆※◆※◆

玉珮既已到手，又有蕭懷之追捕在後，我們一行人連夜往齊、荊兩國的邊界撤退。

葉紹的準備工作做得相當充分，他領著我們七繞八繞，一夜過去竟沒遇上一個追兵。我像個沙袋似的被葉紹扛在肩頭，忙裡偷閒的有點小感傷，在兩個月前孤還是這片國土的主人，再踏上它時居然流落到滿地圖亂竄。

物是人非不得不叫孤心生悵惘。

低頭束緊馬鞍的葉紹忽然淡淡道：「早晚都會拿回來的，嘆什麼氣。」

我一怔。

葉紹有個很大的特點讓我很羨慕，不是他比孤聰明，也不是他驍勇善戰，而是他任何時候都能保持著常人難以企及的自信，或者說目中無人的自負……抽抽鼻子，我寫下字：「我要親手收拾蕭懷之那個逆臣賊子！！」

葉紹驚訝道：「妳打得過他？」

我：「……」

葉紹噗哧笑了出來，揉揉我的臉，「別說，逗妳真挺好玩的。」

我：「……」

他扶馬俐落一躍，穩穩落坐在鞍上，從後擁住我勒起韁繩，「真給妳刀子怕妳下不了手，這樣吧，讓妳抽他兩鞭子洩氣就是了。畢竟是我齊國世子妃，不能失了身分。」

他說得半真半假，叫本來氣哼哼的我一時沒了方寸。

宗楚在身後切一聲道：「捨不得髒了她的手就直說唄。」

「……」我下意識回頭看葉紹。

葉紹眉目間滑過一絲不自然，隨即恢復如常冷哼道：「你要急著找死，本王不會攔著你。」

宗楚：「……」

撤退時的路徑與來時不同，因為葉嶺他們已經向北上行到快到幽州邊境了。戰事一觸即發，軍中無帥這事要是報到穆天子耳中，便是葉紹恐怕也是吃不了兜著走。故而我們向北直切王都西北而去，爭取在兩日後到達幽州潼關。

大致瞭解去向的白啟惴惴不安的問：「既然已經幫阿彥取回玉珮，就不須我同行了吧？」

葉紹催馬不停，忙裡抽閒回他：「燕世子武藝高強，不想在戰場有所建樹嗎？」

白啟頭搖得和撥浪鼓一樣。

葉紹：「哦，不想去啊……」

白啟一喜。

葉紹一笑：「那也得去。」

所有人：「……」

宗楚喃喃道：「我總算明白為什麼有這麼多人對他恨之入骨了，簡直賤成了一座豐碑。」

我：「……」

葉紹默了默，摸摸我的頭很堅定道：「等弄清楚妳怎麼變成人魚後，本王就殺了他。」

「……」宗楚沉聲道：「你能別當著我的面說出這種話嘛！！！」

◆※◆※◆※◆

進程比我們想像得要快，抵達潼關時恰好是一日半後的傍晚。

九、十月天氣的北方，入了暮裡竟飄起了悠悠小雪，零零星星染白了綿綿枯草。日光消失在天際後，溫度更是直線下降，張口說話時已能呵出霧氣來。

白啟與宗楚兩人凍得縮頭縮腦，燕國與宗楚的家鄉都在南方，想是很難適應這裡的天氣。至於我，葉紹一早就將自己的袍子裹在了我身上，而他本人打馬行於呼呼寒風中不見有任何異色。對他來說，應該已經很習慣這裡了吧……

待到夜色真正降臨，葉紹方才領著我們悄然潛行到潼關門外。不等我們叩關，已有士兵準時將關門開出了一條縫隙，容我們通過。

潼關內是齊軍與王師暫時駐紮的大營，這兒是南北交界的第一道關卡，離真正的戰場尚有一段不短的路程。

幾乎沒有驚動任何人，葉紹悄然無聲的領著我們進入了齊軍大營，白啟和宗楚被茯苓領去了他們的營帳，我則被葉紹馬馬虎虎往床一丟。他鬆鬆手腕，抖抖筋骨抱怨道：「總算沒耽誤，要不然死老頭又要抱怨。」

我好奇問道：「死老頭是誰？」

他咧嘴一笑：「皇帝啊。」

我：「……」

孤黯然神傷，孤也想做可以隨隨便便喊穆天子死老頭的帝國主義啊！可惡的帝國主義！橫行霸道的帝國主義！

北方缺水，我也不指望能像在齊王宮那樣驕奢淫逸的有一池子溫泉泡。正琢磨著偷瓢水澆澆尾巴，葉紹從帳外端進個熱氣騰騰的盆來，我眼睛頓時亮了，乾涸的尾巴彷彿也在嗷嗷叫著等待甘霖，結果葉紹徑直路過我身邊還感慨了句：「終於能洗個澡了。」

我：「……」

我聽見了自己心碎的聲音……

葉紹彷彿也聽見了我的心聲，回首一笑：「要不要一起洗啊，阿彥？」

洗、洗你個頭啊！

我繃緊著臉不理葉紹，他也不做強求，當著我的面就那樣坦然自若的一件件扒著自己的衣裳……

等我消了一會兒悶氣，試圖想找他再要盆水，一抬頭，正對著個精赤有力的軀體……

我：「……」

啊啊啊啊！！！血潮轟的一下衝進了我腦袋中，葉世子你這樣旁若無人的把自己扒光是不是太不把我當成個雌性動物了啊！

眼看他要扒下自己最後一件聊勝於無的底褲，我大囧之下一個猛虎下山撲過去死死攥住他的手。

葉紹低頭：「妳果然還是想和我一起洗。」

我：「……」

我、我想怒甩他的手，又怕他再脫下去，正左右為難時，他鄙夷道：「妳若真不想看，閉上眼就是了，何必故作姿態？可見妳還是想窺視本王軀體的。」

我：「……」

我第一次對自己的智商產生了絕望，當即一個鯉魚打挺蹦回自己的床，腦袋胡亂往毯子裡一包，擺擺尾巴示意他繼續。

葉紹：「……」

嘩啦啦的水聲響起在毯子外頭，這種條件下葉紹定是不能隨意沖洗，想來只能簡單擦洗一番。我把自己裹成了個魚肉卷，卻總是控制不住的回憶起剛剛的畫面。之前葉紹和我泡在同一個池子裡時，他多少都有穿著件裡衣，而現在這麼赤裸裸的，我還是第一次見啊！

葉紹的身體……其實有點偏離孤的想像。我一直以為葉紹這樣從小當金疙瘩養的寶貝王子定是養尊處優的，別說他，就是孤，父王在時非常得疼寵，盡可能讓我過得和別家公主一樣。可剛剛那一瞥下，葉紹的身上有很多傷痕……也不難想啦，他常年帶兵打仗，受傷在所難免，但乍然一看，不免有些心驚膽顫。

很多傷口離他心臟之類的重要部位僅有毫釐之差，可以想像得到當時的凶險。

荊國窮，但是位居穆朝中部，從沒有過邊境紛擾；荊國百姓雖不及其他諸國百姓富足，但每人各得其所，溫飽可足。孤當了九年國君，日常只須愁愁錢，其他也沒甚大煩擾。說到底，有一部分原因還是多虧了有葉紹他們維持著邊疆的安穩吧……

胡思亂想著，身邊突然偎下個暖烘烘的身軀，毯子胡亂被人拉下。

「別裝死了，起來洗尾巴了。」

我羞憤的想搶回毯子，然而發現他穿著上衣，褲子也完好的掛在腰上；地上多了個水盆，水色清澈，想是他分了一半出來。我為自己剛才的矯情有點不好意思，便由著他拖來水盆幫我擦拭尾巴。

「傷口還疼嗎？」

我剛想答個還好，他的手已經非常自來熟的摸上了我屁股還捏了捏！

我：「……」

好在葉紹沒多做停留，僅說：「不腫了，燒似乎也退了。」

在我托腮看他看得昏昏欲睡時，葉紹忽而來了句：「雲彥，妳有沒有發現妳最近囂張了很多啊？」

這危險的語氣……我一個寒顫清醒了不少，只見他似笑非笑的望著我，卻也沒再說什麼、做什麼。

結果到了第二天，我在他的案頭發現了一本食譜……

翻開第一頁，上書一行大字：寶寶不愛吃魚怎麼辦？十六種鮮魚烹飪法等著你！

我：「……」

這書誰寫的！給我滾出來！！！！

因著食譜之事，接下來幾天我都沒給葉紹一個好臉色看。但戰事一觸即發，他也忙著與手下將領討論行軍布陣，沒多少時間和我照面。

白啟趕鴨子上架被迫上戰場，臨時抱佛腳從晨起到日落都忙著在練劍……和琢磨逃跑的事。頭一次天還沒亮，我抱著尾巴尚在呼呼大睡，外面突然一陣哭天喊地的哭號聲。等我迷迷糊糊醒過來，才得知燕三世子被逮住了。論軍法，臨陣脫逃是當斬的大罪。雖然白啟不是個正規軍人，影響畢竟不太好，於是葉紹當著全軍的面拍了他二十軍杖。

因為場景太過血腥，葉紹不准我去圍觀，就聽著白啟殺豬似的在外哭號：「別打我屁股別打我屁股！我父……我爹還指望我傳宗接代呢！！！」

我那點小擔心剎那消失得乾淨。得，還有心思惦記著下一代的事呢，估摸葉紹也是殺雞儆猴沒往死裡打。

之後白啟的逃跑之路就從暗轉為明，屢戰屢敗、屢敗屢戰。令人同情的是，壓根用不上葉世子出手，光茯苓這座五指山就壓得他翻不了身。

整個大營裡，清閒的除了我之外，剩下的就是宗楚了。

宗楚的覺悟顯然比白啟要高，同為階下囚，他的泰然處之讓我有點對他刮目相看。直到有一日我推著輪椅路過他身旁，聽見他蹲在那咬牙切齒的碎碎唸：「打你個小人頭！打你個小人腳！打你個葉紹斷子絕孫，一生不舉！」

我：「……」

察覺到來的是我，他瞬間緊張起來的面龐放鬆開來，大剌剌道：「大嬸，妳不要介意剛才我說的話啊！反正妳只有條尾巴，他舉不舉對妳來說沒多大意義。」

「……」我慢吞吞的舉起牌子：「回頭。」

宗楚露出追悔莫及的痛苦表情，慢動作的緩緩回頭。

葉紹冷冷含笑，手中長槍寒光熠熠……

對葉世子出言不遜的下場，就是宗楚被罰兩天不准吃飯。他這個年紀正是長個子的時候，吃得多餓得快，一個晚上粒米未進，他就撕心裂肺的撓著小黑屋的門叫道：「大嬸！！放我出去！」

「不准求情。」葉紹夾了一筷子鹹菜給我，顯然對咒他不舉這事相當在意。

我咬著筷子，聽著宗楚綿延不絕的「大嬸」，氣哼哼的寫下：「多關他兩日！」

葉紹：「……」

喊了半天，宗楚的聲音由高轉低，氣若游絲的飄來：「姐姐……雲姐姐……姐夫……我要吃飯……」

也不知哪句話觸動了葉世子所剩不多的良心，眉梢一動，指示茯苓把人放了。

被茯苓單手拎進來的宗楚小臉灰濛濛的，沒多少精神，抽抽鼻子委屈得很。

葉紹昂然高坐明堂，容色冷漠的淡淡道：「本王今日給你個教訓，是為你好。日後若還這般口無遮攔，落到他人手上怕就沒那麼好說話了。」

我和宗楚：「……」

太假了吧，公報私仇就公報私仇，裝什麼語重心長的人生導師啊！？

葉紹哼了聲，輕蔑的補充道：「本王行不行，豈是你這等下作巫術可作用的。」

我：「……」

你的重點在這裡吧！！！你看我做什麼！你看我做什麼！不管你行不行，你到我這來，你都只有不行！！

葉紹道貌岸然的又教訓了宗楚兩句，忽而話題一轉：「若本王沒記錯的話，你們宗氏信奉的是海神？」

連連點頭的宗楚一時沒反應過來：「啊？」

心跳漏了一拍，預感葉紹挑起的這個話題與我有關。海神、魚尾……我側過頭去看他，他衝我一笑，笑意微妙非常。額角青筋抖抖，聯想到剛才的對話，這廝不會想急著把我的雙腿變回來去證明他那舉不舉的狗屁能力吧！！！！

宗楚容色微變，葉紹的這句話對他來說不會引起什麼太過愉快的回憶。他的國、他的家，皆是葬於眼前人的手中。我不知當時內情如何，然而想像一下，若有朝一日葉紹帶兵滅了荊國，我與他……

罷了，以孤手下那幫子朝臣的個性，說不定還熱淚盈眶的歡呼：「終於有個傻子來接這個爛攤子啦！」

宗楚臉色變了幾變，過了很久，他低著頭道：「是。」

葉紹支手托住臉，手在我的尾巴上拍了拍，「那你應該有辦法讓她變回來吧。」

我：「……」

我就知道你心懷鬼胎！

「沒有！」宗楚回答得既快又乾脆，方才繞於他周身的低沉彷彿一掃而空，頭頭是道和葉紹理論起來：「亡國時小爺我才幾歲？怎麼可能記得住什麼海神不海神的！小爺我要是有這神通，哪會混成這德行，任你拿捏。」

他說得也有點道理，畢竟不是每個小孩都和葉紹一樣從小天賦異稟。從宗楚目前的表現來看，他也就是個半吊子小神棍而已。我煞有介事的點著頭，很好，在葉紹身邊孤覺得做條魚挺好的～

葉紹擺明了不信：「真不能？」

「不能！」

葉紹：「哦，那繼續餓著吧。」揮手就讓茯苓帶人下去。

「……」宗楚面如土色，結巴道：「等、等一下！也許……有辦法吧。」

面如土色的輪到我了，葉紹嘴角牽了個微微的弧度，看得我心裡直發毛。他輕輕的，柔柔的，別有含意的，在我魚尾上摸了摸，「何必呢？都是鍋裡的魚了。」

我：「……」

啊啊啊啊啊！孤一定要找機會弄死他！一定！！就算不弄死，也要弄得齊國後繼無人！！！！

◆※◆※◆※◆

不幸中的萬幸，隔日葉紹即要領兵北去。「傷殘」人士我理所應當的留在了後方，宗楚年紀尚小亦是不便隨軍。

出征那日天色昏然，一輪孤月搖搖欲墜在天邊。北方乾燥的氣候令我很不舒服，大多時候都是躲在帳篷裡，所以葉紹也沒有強求我去為他送行。

等我睜眼時，他已一身銀甲，整裝待發的坐在我床邊。

他說：「雲彥，我走了。」

氣氛略微壓抑，和平時我們倆相處時很不同，葉紹的神情也與平時很不一樣。才睡醒的我腦袋有點不清醒，揉著眼睛看他。他注視我的眼神很平靜，平靜的順了順我的長髮，平靜的將我滑出去的尾巴塞回了被中，如同每一日他起來時所做的一般。

我有點不太適應他這種異樣的安靜，我是第一次跟他來戰場，不知道他上戰場時的心境。但想他已在沙場打拚了十來年，應是習慣了吧……

葉紹忽然開腔道：「曾經聽海邊漁民們說，鮫人的歌聲會帶來好運氣。」他笑咪咪的看著我，挑起我下巴，「來，給爺唱首曲兒。」

我：「……」

這個畫面就對了嘛！強人所難、任性妄為、無所不在的神經病，這才是葉世子正常的個人特色嘛！

我麻木的看著他，回給了他一個沒感情的：「呵呵。」

葉紹哈哈笑著，出其不意飛快的在我額頭上親了一下，又將我狠狠往懷中一抱。這時，外面號角響起，他撒手起身，「走了。」

葉紹什麼時候出了帳篷，大軍什麼時候離開潼關，我一點都不知道。

魂魄出竅的我，所有印象都停留在額頭一觸即離的感覺上，我小心翼翼的摸了摸，溫暖的、柔軟的，還有點濕潤……

怎麼辦，我的魚尾又不受控制的蜷縮起來了……

大軍一走，軍營立刻空曠無比，沒了葉紹這尊煞神在，潼關內的氣氛都祥和了許多。留守的將士們不再每天都保持著一張便秘臉人人自危，心情愉悅的時候還會搞個燒烤、吹牛什麼的。

打葉紹走後，宗楚就一頭栽進了學術研究中，每日埋首在各種詭異的藥水和羊皮紙中。我試圖用郊遊啊、聊天啊分走他的注意力……

得到的是他義正詞嚴的拒絕：「不約，大嬸我們不約。」

我：「……」

沒有了葉紹，我突然發現生活空出一大段空白來。沒有鬥智鬥勇，沒有冷嘲熱諷，沒有十六道烹魚法……

啊，好無聊啊！！！

抱著枕頭，我懶洋洋的在床上翻了個身。

扳著指頭算了算，葉紹應該已經抵達前線，和驍族軍隊交鋒了。可為什麼這麼多天過去，一封書信都沒送到呢？

茯苓聽完我的疑惑，一板一眼認真的回答我：「世子說了，戰爭是男人的事。」

我：「……」

葉世子你這麼中二，你爹知道嗎？

第九章

『情敵』來訪？

葉紹走後第三天，潼關守關的主將何源叩門請見。

孤略感意外。

與這個五大三粗的守關將僅在跟著葉紹入關時見過一面，又因隨軍女眷畢竟有違軍紀，平日我刻意減少外出，基本上就沒與他打過照面了。待他進帳時，孤更驚訝了，因為他身後還跟了位妙齡女郎。

姑娘瓜子臉，細月眉，檀口含笑。她未與穆朝尋常女兒家般穿襦裙大衫，而是一身極為幹練的緊腰勁裝，瞧著十分英姿颯爽。

何源見了我，侷促片刻，撓著後腦勺憋了半天憋出中氣十足的一句：「娘娘好！」

我：「……」

長了十七年，孤被人喚過殿下、大王、君上等等，從不曾想過時至今日會被稱呼一聲娘娘。突然發現嫁給葉紹，我直接從一方王侯降格成了王侯親眷，階級等級立刻降了一個級別，以後出席什麼正式活動被介紹時連個正經名號都沒有，只能是「齊國葉紹君的內眷」，搞得和買一送一的附贈品一樣，太心酸了吧！

不行，等葉紹君凱旋，孤定要就這個問題和他進行一次嚴肅的商討！

可……我要是去了，他一定會陰陽怪氣的嘲笑我：「沒介紹妳是齊國葉紹君的寵物魚就不錯了。」

一個神遊回來，我發現冷場了……

「娘娘？」何源尷尬的連喊了我兩聲。

我馬上擺正神色，揮筆寫下：「何事？」

何源鬆了口氣，側過身將那妙齡女子讓出來，粗著嗓門大剌剌道：「娘娘，這位姑娘是幽州刺史沈戟的女兒。」

那女子順勢向我行了個禮：「沈慕蘭見過娘……娘。」

沈戟，我還真有那麼點印象。虧得我父王從小就教育我「錙銖必較」這個道理，所以孤的記性培養得非常好，尤其關於錢！若萬一把前年向齊國借的「一萬兩」記成了「一萬萬兩」，戶部尚書還不得率領一衙門的人在我的養心殿門口自掛東南枝嘛。

我記住沈戟，也是因為他和錢有關。

在齊王宮時，葉紹經常拉著我陪他批奏摺，基本上是他批，我挨著他睡，有次睡到一半我醒了，隨意瞥了眼他手裡的奏摺，就瞥到了沈戟的名字。奏摺是御史臺呈上來的，這個部門每出來一封奏摺都預兆著有一個人要倒楣。若是犯在葉紹手裡，那就是一家子大大小小死絕了。

孤特別留心的原因是，這個沈戟他在名義上其實不算是齊國的人。幽州這個地方比較特殊，它曾經是驍族的地盤，後來被齊國的老一輩諸侯帶兵打下來，就成了相當於齊國殖民地一樣的存在。後來有一代穆天子覺得，這個幽州外接驍族，內又和帝都太近，萬一齊國和驍族這對「狗男女」狼狽為奸，裡應外合把他這個正經皇帝滅了，那就太慘了。於是穆天子軟磨硬泡，用沿海一座鹽島跟齊國換了幽州，所以幽州就劃到了帝都範圍內。

可政治上的彎彎道道哪那麼簡單？

從葉紹的奏摺來看，沈戟是穆天子派去幽州的州牧，可人實際上是齊國的。御史臺向葉紹告了沈戟一個大狀，說他為官十餘年，藉著修築城關貪汙數十萬兩。這若貪的是天子的錢，葉紹說不定睜一隻閉一隻眼就算了，但修築潼關這事裡齊國出了一大筆錢，腐敗腐到家裡了，葉世子絕不能忍啊！

蹊蹺就蹊蹺在葉紹壓下了這本奏摺，還在出征前旁若無人的犒賞了沈戟一筆不菲的物質獎勵。

那兩日御史臺估摸都在加班，奏摺如雪花片似的往葉紹書房飛啊飛，葉紹統統當作看不見。有次御史大夫氣勢洶洶的帶著條白綾過來，看樣子準備來個死諫什麼的。結果葉紹一早得了風聲，優哉游哉的在他前頭出了宮門，說是替我買魚飼料去了。

老御史把白綾往面前一拍，問道：「世子人呢！！！！」

我回他三字：「不知道。」

老御史醞釀好的澎湃心情驟然碰了個軟釘子，沒處發洩，於是就拉著我樹了一下午的洞，翻來覆去無非就是說：「俺們家世子以前對沈戟這種貪贓枉法之徒從來不心慈手軟，這回到底是怎麼啦！」要嘛就是痛心疾首道：「世子爺一定是被外界的犬馬聲色給玷汙啦！黑化啦！」

我在心裡呵呵：你們的世子爺哪需要汙染，他自己就已經黑出了風格，黑出了特點，黑出了穆朝新高度。

老御史估摸是真被葉紹傷到了心，頂著白花花的頭髮老淚縱橫：「身為御史，不能為明鏡以正君行。老朽不如吊死算了！」說著就往我頭上的橫梁一甩白綾。

我：「……」

你看這就是富國的富貴病，錢多得沒處花，導致朝內官員不貪汙一下好像都對不起自己奮鬥這幾十年似的。擱在我們荊國，算了，首先得有幾十萬給你貪才行。

老御史最終沒有吊死，因為我默默的拉了拉他蹬在椅子上的褲腿，遞了一張紙：「你們家世子爺馬上要去幽州打仗呢。」

人家沈戟是幽州刺史，好說歹說都算是穆天子的人。葉紹要在這個時候辦他，向天子寫摺子走程序就得耗費幾個月吧。戰事不等人，這事一出，葉紹來幽州打仗，不說沈戟和驍族勾結對付他，但在背後陰兩下，光是卡一下糧草這關，就夠前線的葉紹有得受了。

所以葉紹不是不動他，而是暫時不能動而已。

晚間葉紹勾著滿滿一食盒回來，賊頭賊腦往裡瞅瞅，確定了情況才放心走進來說：「沒吊死啊！」

哎？我說你這充滿遺憾的口吻是什麼意思啊！

我回了個「沒」字。

他也沒問過程緣由，就是笑嘻嘻的摸摸我的腦袋說：「阿彥真能幹，來，爺賞妳才出籠的包子。」

那時候我只顧著震驚：葉世子居然會買包子這種樸素無華的平民食物，他不應該是春天順著東風撒銀票、冬天順著北風撒金子，今兒不高興炸座金山玩玩的土豪嗎？

現在回想起來，葉紹應該是從那個時候就已經開始懷疑我才是。

沈戟沒來，沈戟的女兒倒來了，目的肯定也不是找我這條人魚來談人生、談月亮、談風花雪月多美好的。

找葉紹的？是個人都知道他打仗去了吧？

所以我很疑惑：「妳找哪位？」

沈慕蘭甜甜一笑，「父親聽說世子出征，留了娘娘在營中，軍營之中全是男子，便想著怕是娘娘會覺得無聊，就遣了我來陪娘娘說說話。」

她扮相英氣，偏人又生得甜美，嘴角兩酒渦，笑起來格外好看討喜。

我是挺無聊的，但關鍵是……我慢慢寫下：「軍紀有令，不得有女子在營中。」

這要是葉紹曉得了，我為了打發無聊找了個好閨蜜每天嗑瓜子打屁，把好好一個軍營變成了聯歡晚會，回來不得扒了我的魚皮，灑了胡椒烤熟了。

沈慕蘭微微尷尬道：「娘、娘您不也……」

對哦，我也是個妹子來著。唉，做國君做久了，整天被他們「大王大王」的喊，時間一久經常就生出了「我其實是哪個山頭的土匪頭子吧」的錯覺來。

自古以來，軍營不得女子出入，一來有個說法說是帶妹子打仗不吉利，二來則是個比較實際的問題，擔心軍隊作風不正。士兵們都想著和姑娘談談情說說愛，軍隊中又是狼多肉少的地方，來幾個如花似玉的姑娘，光想一想就太淫靡了，誰還想著打仗啊？

葉紹光明正大的帶我進來，主要是因為我的身分太過特殊。一條人魚，想怎樣，都難……況且名義上我是齊國未來的世子妃，早先歷史上也不是沒有君王和王后同征的例子。

至於沈慕蘭，我斟酌再三，想想還是回絕她比較好，所以我寫：「其實，我也不是那麼無聊來著……」

沈慕蘭：「……」

「大嬸！妳不是說妳無聊嗎？我帶藥來給妳試啦！！！」宗楚興致勃勃的聲音恰到好處的在帳篷外響起來。

我：「……」

沈慕蘭：「……」

我想，我有點體會到葉紹隨時想揍這孩子的心情了……

抱著一堆的瓶瓶罐罐，宗楚風風火火的闖進了大帳，一進來便愣了：「哎？這誰？」

沈慕蘭亦是幾分錯愕的看著宗楚，「這是……」

宗楚像根木樁子一樣站在門口，看看我，又看看沈慕蘭，那張極具欺騙性的稚嫩面龐露出個天真笑容，「姐姐，妳找我娘有事嗎？」

我和沈慕蘭：「……」

人家今年芳齡十七，得多天賦異稟，才能以七歲稚齡生出你這麼大隻的兒子啊！！！再說你剛剛大嬸喊得震天響，你是把沈慕蘭當傻子還是當聾子！？

沈慕蘭惶恐的有點語無倫次：「娘、娘親？」投向我的眼神分外複雜。

我：「……」

不可思議就算啦，妳這種充滿敬佩的眼神是什麼意思啊妳給我說清楚！！！

宗楚甜蜜蜜的一笑，我彷彿都能看見他身後冉冉張開的黑色小翅膀。

「我爹比較厲害呀！」

沈慕蘭表情扭曲一下，問：「你爹是……」

宗楚歪頭一笑，給了沈姑娘致命一擊——

「我爹就是齊國的世子爺啊！」

沈慕蘭幾乎是失魂落魄的走出了營帳，神態異常的迷茫和震驚，小臉白得我都看不下去了。其實她來的目的我多少猜得出來，沈戟八成收到葉紹要辦他的風聲，所以不厚道的想利用女兒設個美人計，運氣好他老人家升成未來齊國國丈，便可高枕無憂了。

我卻覺得他的如意算盤打錯了地方，葉紹那是什麼人？別人不得罪他，他也要主動得罪別人的一鬼畜啊！他瞧著不順眼的人，下場只有一個——死路一條。

以葉世子邪魅狂狷的風格，如果他真的看上了沈慕蘭，那劇情走向一定是更血腥殘暴的滅了沈戟的滿門，然後和這姑娘來一場虐完心後來虐身，皮鞭蠟燭輪一番，虐到深處幡然悔悟「原來我愛她的啊！」的虐戀情深。

如果沈姑娘頑強扛過了他花樣作死的七十二種虐法，劇情就可以開啟「帶球跑」副本章節，若干年後帶著兒子復仇歸來，再利用男二男三等等把葉紹虐個千百遍。種種誤會之後兩人冰釋前嫌，一家三口一起過上了幸福美滿的生活，狗血就此徹底撒完。

正所謂世子虐我千百遍，我待世子如初戀！

這種結局自然是人見人愛的大團圓。

可是以我對葉紹的瞭解，沈戟使得這美人計只會加速他的落馬節奏。無他，從來只有算計別人分的葉世子同樣也最厭惡別人算計他。誰讓他思想品德從小不及格，一點都不懂「己所不欲勿施於人」這種美德。ヽ(´▽`)ノ

沈慕蘭一走，宗楚剎那變臉，他大搖大擺的往我對面一坐，蹺著個小二郎腿說：「大嬸，妳要怎麼感謝我幫妳趕走情敵啊？」

我：「啊？」

宗楚恨鐵不成鋼的啪啪拍桌子道：「剛那妹子是來和妳搶葉紹的啊！妳別告訴我妳老年痴呆到這分上啊！」

我：「哦……那就搶吧……」

宗楚：「……」

無語片刻後，他像模像樣的點點頭，「也是，也就大嬸妳這種環保主義者才會自願跟著葉紹這禽獸。」

我：「……」

信不信我告訴葉紹你罵他是不可回收的垃圾啊！

宗楚對沈慕蘭一事沒多少興趣，隨意嘟囔兩句後，把五顏六色的瓶子往我面前一推，眼睛亮晶晶的說：「看！大嬸！我幫妳配出了解藥！快試試！」

這才幾天啊！你就迅速解決了由魚變人的生物難題，孤很懷疑啊！這藥吃下去會不會馬上翻肚皮變成一條死魚啊！

我的遲疑讓宗楚很不高興，他慫恿道：「大嬸這就是妳的不對了！任何一種新配方的發明成功都需要小白鼠的試驗，妳不一種一種試過，怎麼知道哪種有效呢是不是？做魚呢，最重要的就是開心，來，試藥吧！」

我：「……」

我糊你一臉的小白鼠！！！

孤以前去國教太玄觀中祈福時見過道士替人治病，燒兩符紙，撒點疑似骨灰的粉末，摻著水就讓人喝了。故而我對宗楚這類神棍的偏方持有很大的偏見，鬼曉得他會不會放點磨碎的蜈蚣、蜥蜴、蜘蛛和頭蓋骨粉末進去。

我問：「這些方子你從哪看來的？」

宗楚很自信的說道：「這妳就問對了人，我這些都是有據可考的！」他從懷裡掏出幾本書翻翻，頭也沒抬道：「《鮫人不可不說的秘密》、《我家有條美人魚》、《來自大海的人魚》。」

我：「……」我謝謝你啊，我要睡覺了，再見……

宗楚非常不耐煩的敲著桌子說道：「大嬸妳知不知道，不變回人妳早晚會死的！」

我：「……」我、我還真不知道……

他嘆了口氣道：「葉紹曾提起過我們宗國侍奉海神確實沒有錯，可他不清楚的是，我們侍奉的海神其實就是鮫人一族。」

哦……經歷種種，這個也不太令我驚訝來著。

「鮫人一族在很久之前並不像現在這樣神秘莫測，根據我所知的史料，在數百年前穆朝建立初期，鮫人曾與陸地往來頻繁。他們貌美、靈敏，擁有罕見的法術，經常在沿海一帶架起夜市與那裡的居民做生意，後來名聲漸起，就有人不遠萬里以百金求一匹的價格購買他們的鮫綃紗和珍珠。」

宗楚娓娓道來一段我從未聞過的歷史，他說著時，自己亦是流露出些許嚮往的神色。

「有時寄宿來城市，海島青冥無極已。泣珠報恩君莫辭，今年相見明年期。描述的就是當時的情景，可見鮫人在那時與陸上人的相處是很和諧的。」

我頭一次覺得這小子還挺博學的啊！

宗楚敘述完這段故事，臉色隨即嚴肅起來，「我翻了這幾天的書發現，其中有個共同的細節，那就是鮫人雖然可以離開海水來到陸地，但不能久待。我也不太清楚具體原因，總之待久了的鮫人下場最後都是死……所以為了保命，大嬸妳還是喝藥變回來吧！」

我兩難不已，可我還是覺得喝了你這配方不明的藥會死得更快啊！

罷了，荊國國內蕭懷之都快登基為帝，孤再不變回去，遲早把王位拱手讓他。喝喝喝就是了，大不了二十年後又是一條好魚！

懷揣著不成功則成仁的悲壯心情，我撿了個青色小瓶，在宗楚期待的眼神下，頭一仰，盡數倒入口中。

冰冷的液體順著喉嚨滑了下去，速度太快沒嚐出味道，只是舌尖微麻。

「怎麼樣、怎麼樣！」宗楚眼神明亮如星。

我咂巴下嘴，寫下：「有點澀。」

宗楚：「……」

第一瓶藥下去，我幾乎沒什麼感覺，可見失敗了……

就說了嘛，這個小神棍不可靠。╮(╯▽╰)╭

既然吃不死人，我便放開了膽子，一鼓作氣又倒了一瓶下去。這回的感覺有點不大一樣，藥水才一進口，舌頭就灼燒似的疼，趕緊嚥了下去，須臾後我的眼睛有點花，人暈乎乎的和喝醉了酒似的。我努力撐起腦袋，往尾巴看去，尾巴還是一樣的尾巴……

哎？被葉紹片去半片的尾鰭怎麼好像長回來一點……

意識到這的我瞬間清醒，討厭！人家是要變回一個完整的人，不是要變回一條完整的人魚啊！

宗楚強作鎮定說道：「失敗是成功之母！」

你這成功他娘也太多了點吧！

一口氣灌完剩下的所有藥水，我痛苦得都快喪失味覺了，不僅味覺，整個人的意識也越來越模糊，身子時熱時冷，一會兒如同置身熔漿炎爐中，一會兒如同浸身於冷冽冰水裡。暈眩的感覺令我想吐又吐不出來，我難受的蜷曲在椅子上，隱約聽到宗楚焦急的呼喊。

忽冷忽熱後，一種異樣的酥麻感從頭皮傳至全身，彷彿有很多的螞蟻在啃著我的皮膚、血肉，既癢又疼，噁心得讓我想打滾。我也真往地上滾去了，可是觸地的感覺有點奇怪，陌生又熟悉。

宗楚一聲尖叫，我拚著最後一縷存在的神智摸了摸，很好，我摸到了兩條完整的、有力的雙腿……

◆※◆※◆※◆

等我從昏迷中醒來，天已擦黑，完全看不出我暈過去了多久。我躺在胡床上，身體和脫胎換骨似的全身無力，意識尚有些迷糊，吸了幾口涼氣，混沌頭疼的感覺消退不少，暈倒前的記憶也慢慢回復過來。

我的心怦咚怦咚狂跳，我從沒如此的緊張過，哪怕是登基時獨自一人面對萬萬臣民，哪怕是遇刺時變成了一條人魚。我緩慢的、一寸寸的，掀開被子……心跳越來越快，等我掀開長裙時，心跳戛然而止。

老天祢是玩我呢！說好的給我一次重新做人的機會呢！！！

趴在我床邊睡著的宗楚被我的動作驚醒，他疲倦的揉揉眼，有點心虛的不敢直視我的眼說：「大孀，妳醒了啊……」

我怒不可遏，你不是信誓旦旦說一定保證我變回人嗎！信任呢！愛呢！還能不能愉快的一起吐槽了啊！！！

憤怒的想要提筆抨擊他時，帳外忽然一陣驚天動地的歡呼：「世子大捷而歸了！」

葉紹這麼快就打完仗回來了？

雖說早有心理準備，但他這速度仍令我吃了一大驚。

宗楚放鬆的舒了口氣，體貼入微的勸慰我道：「吶，大孀，凡事皆有利弊。沒變回來也是件好事是不？否則今晚妳……哎嘿嘿嘿。」

我：「……」

你笑得這麼賤到底是和誰學的！

大軍歸營，帳外兵荒馬亂一片，送治傷兵的，收整馬隊的，三五好友打招呼的，人聲鼎沸不可開交。我聽見了何源的大嗓門老遠就在吼著「世子世子！」，周圍附和著士兵興高采烈的歡呼聲，想是葉紹這次打了個不錯的勝仗。

宗楚小孩兒心性，屁股坐不住片刻就溜達出去湊熱鬧了。不便出去的我坐著坐著無由的想起來葉紹臨走前印在我額上的那個吻，心情突然就緊張起來了，心跳快得胸悶。長這麼大，除了爹娘以外，還是第一次有人親了我……的額頭……

胡思亂想了一會兒，忽然我覺得自己是不是想太多了啊？孤記得葉紹有事沒事也喜歡揉揉抱抱他家小白，而小白也熱情的在他臉上舔來舔去……

想像了下自己對著葉紹舔來舔去的情景，不寒而慄，迅速戳破那些飄飄然的小心思。果然少女心什麼的，與孤這種曲高和寡的寂寞國君沒有緣分啊～

喧囂聲從遠處一路簇擁到了大帳門口，厚重的皮簾子呼啦掀起，蕭蕭風聲挾著雪粒子猛地倒灌入內。簾子掀開一瞬，又放下，將吵鬧人聲隔絕在帳外。帳內寂靜一剎，屏風上投映著個頎長身影，不用看我就知道是葉紹那廝。

「知道本王回來，還不快滾過來請安？」涼颼颼的聲音在屏風外響起。

我：「……」

我沒有理他。

我不會滾，你先滾給我看看呀！哼！

八扇屏風被推開一小片，眼前黑影一罩，魚尾一陣劇痛，葉紹就那麼泰然自若的把孤的尾巴當成了坐墊……

他還不滿的抱怨道：「妳這女人怎麼那麼懶，再這樣下去，小心進了水就和秤砣似的漂不上來。」

我：「……」

誰是秤砣啊！你見過像人家這麼萌萌噠的秤砣嗎！

葉紹似是疲倦至極，一落坐就沒骨頭樣往我肩頭一挨，這使得想抽出尾巴的我難上加難。我不得不停下動作，推推他，要睡去別的地方睡啦！

葉紹睏得眼睛都閉了起來，一把捉住我的手揉在掌心揉啊揉，「別鬧，小白……」

我：「……」

和葉世子生活在一起，最大的困難不是要忍受他的喜怒無常，而是要克制住自己隨時爆發開來的漫天殺意！

尾巴壓久了麻得快沒知覺了，這要是一整晚都得保持這高難度的姿勢，明天孤就得從一條金魚變成一條扁魚。

許是身穿銀甲硌得不自在，沒睒一會兒，葉紹醒了過來，他低低咳嗽了聲，臉在我頸邊蹭了蹭，「阿彥～」

胸間的心臟高高撞了一下，隨即我察覺出一絲不對勁，葉紹的臉溫度高得有些不同尋常。不僅是他的臉，握著我的手心也是異常熾熱。

受傷了，發燒了？

「阿彥……」葉紹略微撐起些身子來，呼吸沉滯，「妳……」

我什麼？

然後他頭一低，栽到了床下。

我：「……」

他真的不是故意來逼死孤這種強迫症的嗎！

◆※◆※◆※◆

時隔一月再相見，仔細看看，我竟有些認不出葉紹來。不是疲於征戰的不修邊幅，也不是曝晒於日光下的黝黑，而是虛弱，虛弱到好像隨時都能斷氣似的。孤小心翼翼的試了試他的鼻息，還好，還活著。

活著就好，一時間我雖弄不清楚他到底發生了什麼事，但他隱忍著堅持到進了大帳才暈倒，顯然是不想被旁人知曉。所以我強行抑制住喊軍醫過來的衝動，默默的把他往床上拖。

昏睡過去的葉紹丁點知覺都沒有，我費了九牛二虎之力，不僅沒把他拖上來，反倒尾巴一滑把自己也摔下去了。

「……」

甩甩差點抽了筋的胳膊，又甩甩撞得生疼的尾巴，孤憂傷的看著蒼白著臉昏迷的葉紹。我想我需要點幫助，於是我拔出他腰間的匕首，在屏風邊框上三長兩短的敲了幾下。

下一刻，神出鬼沒的茯苓閃現在我面前。

茯苓看見葉紹這模樣大吃一驚，眼如錐子般釘在我臉上問：「世子怎麼了！」

別說，他一冰山臉陡然發射出殺氣來還真挺嚇人的。但問題是，孤不知道啊！你家世子每年建立的仇人能繞全國邊境三圈，數量品質皆居於穆朝之首，茫茫紅塵，泱泱人海，孤怎麼知道是哪個壯士捅了你們世子爺一刀啊？

茯苓對我的沉默很不滿意，我抿抿脣慢吞吞寫下：「你真的不打算先救他嗎？他看起來快沒氣了……」

茯苓：「……」

為葉紹簡單的檢查完後，茯苓說葉紹受了很重的箭傷，一箭穿胸，傷及心室。箭傷還不是致命傷，真正令葉紹陷入生死一線的是抹在箭頭的毒。從小將毒術列為必修課的茯苓一時間也無法判斷出毒藥的成分來，他總結了下，很毒很毒就是了。

我：「……」

說這話的時候，他這個虎背熊腰的七尺大漢縮成個蘑菇蹲在角落裡使勁抹眼淚，任由他主子躺床上步步接近斷氣。我覺得他不僅要重修一下語文，還得補修一下隱衛心理學。

「世子對妳那麼好，嗚嗚……妳居然鐵石心腸的一點都不傷心……」

「怪不得師父說女人信不得，都是蛇蠍心腸，嗚嗚嗚……」

我：「……」

如果不是我打不過他，我一定會把他抽成一個小陀螺！

葉紹躺在床上呼吸細若游絲，他身上的銀甲已經被卸下放於一邊。裡衣尚算整潔，只有胸襟處血跡斑斑，一個拇指寬的血洞赫然貫穿了他左胸口，即使上了止血藥，但青黑色的血仍沿著肩胛流下。

茯苓說這個箭毒應是驍族那邊特有的毒物所制，中原這邊別說一般大夫，就算宮中御醫來了恐怕也就是束手無策。我從來沒發現他這個禁欲系面癱居然是個潛在話癆，囉哩叭唆的說了半天，我忍無可忍的豎起一行大字：「你直接說他死翹翹就是了！」

他嗚咽了聲，又蹲回角落裡抹眼淚。

我：「……」

讓他哭下去，葉紹先得血盡而亡。一尾巴甩到他背上，我指使著他把宗楚先喊過來。

茯苓表示質疑：「他……就十歲，還是世子的仇人，管用嗎？」

我很冷靜：「死馬當活馬醫唄。」

茯苓：「……」

湊在將士中間啃烤肉的宗楚油汪汪著嘴被拎了過來，他愣愣的問道：「大嬸怎麼啦？妳不是應該正和葉紹你儂我儂忒煞情多，小別勝新婚，一夜七次不能停什麼的嘛？」

「……」我忍住想抽他的衝動，指了指葉紹。

宗楚又是一愣，隨即眉開眼笑：「哎喲，葉紹快死了啊！太……」他瞄了眼黑臉煞神般的茯苓，咳了又咳：「呃，太令人悲傷了。」

我：「……」

迫於茯苓的武力壓迫，宗楚努力裝出一腔悲天憫人的情懷：「葉哥哥，他是怎麼了？」

我寫了四字：「失血過多。」

剛想補上「中了毒」，宗楚小大人似的手拘在背後，頗不耐煩道：「失血過多就多喝紅糖水啊！添點生薑紅糖效果更好，他好妳也好。」

我：「……」

一盞茶的工夫後，挨了頓揍的宗楚老老實實替葉紹把完脈、清理好傷口。這小子還是有兩把刷子的，也不知在葉紹傷口上撒了些什麼粉末，涓涓不息的血流總算止住了。

不過，也只是止住了而已。

宗楚撚起沾了血汙的白帕仔細嗅了嗅，又從袖裡掏出個小銅盒。他剪去血帕一角，塞進小銅盒裡，只見小銅盒驟然一陣劇動，彷彿有什麼在裡面不斷撞擊一般，須臾後靜止如初。

茯苓問：「這是啥？」

宗楚：「小爺我養的寵物。」

咦，平時沒見過嘛。

宗楚苦大仇深的回答：「以前牠經常咬死人惹麻煩，我就少放牠出來了。」

我和茯苓：「……」

宗楚打開神秘兮兮的銅盒，燭火下一隻蜥蜴狀的小動物直挺挺的躺著。

我遲疑：「死了？」

宗楚點點頭，輕描淡寫道：「沒事，牠經常死，一會兒就活過來了。」

他拿著小剪子翻過小蜥蜴，通體漆黑的牠肚皮竟然微微發著火紅的光，像有團小小火焰蘊藏其中。宗楚露出了然的神色，啪嗒關上盒子說道：「是火荊棘。」

我和茯苓虔誠的用眼神表示：不懂。

宗楚唉聲嘆氣的看著葉紹說：「火荊棘是驍族王室墓地裡獨有的一種植物，它本身無毒，但和烏狼頭碰一塊就是無藥可解的劇毒。驍族人對祖先非常敬重，不到萬不得已之時絕不會擅入墓地採集這種植物。葉紹對他們做了什麼喪心病狂的事，都逼得人家挖祖墳了。」

茯苓小聲說：「也沒什麼，就是一不小心把驍王唯一的兒子斬在馬下而已。」

我：「……」

哦，真挺不小心的。

第十章 獨一無二的世子妃

宗楚憂傷的看著我，「大嬸，我覺得我再和你們待下去，早晚會三觀不正，成為一個反社會小孩的。」

你現在不就已經是了咩！

「火荊棘是無藥可解，但不是無法可解。」

宗楚在他那鼓囊囊的袋子裡翻來覆去的找，翻出本舊兮兮的破書來。我看了眼，《巫藥小知識一百帖》，沒說話。

他緊巴巴著小臉蛋，翻到一頁，逐字逐句道：「火荊棘傳說是古神祝融後裔留下的紅蓮根所化，解它嘛……」

宗楚忽然不說話了，我和茯苓同時看著他，半晌他撇撇嘴說：「把我那個人魚膏的小罐子還給我啦！」

◆※◆※◆※◆

軍營鬧到了半夜才漸漸安靜下來，深夜裡清晰的只有銅盆裡火炭的灼燒聲和咆哮在邊城上空的北風聲。

葉紹霸占了我的床，我本想將他往裡推推替自己挪出一畝三分地，但瞟見他失盡血色的臉，只好尾巴蜷了個圈把自己繞了起來，縮靠在床頭。

躺著熟睡的葉世子殺傷力直線下降了百分之八十，光看他那張臉，純良無害的簡直像個陽光美少年，滿臉都寫著「喲～～大爺，不來蹂躪一下人家嗎？」，讓人不欺負一下都覺得對不起他啊！

機會難得，我手癢難耐～偷偷的在他臉上掐了一把，還挺水嫩的！樂此不疲的捏了捏他的臉，又捏了捏他的鼻梁，手指不小心劃過他的脣瓣。我一怔，腦中又浮現那日的記憶，軟軟的……

「妳看起來一點都不傷心啊。」

宗楚的聲音冷不丁的響起，他捧著個藥缽子從屏風外繞進來。

我作賊心虛的縮回手指，拿筆寫下：「藥製好了？」

宗楚大剌剌的往床邊一坐，「沒有，哪那麼快。」他搗著藥缽，歪頭看看葉紹，又看看我，「妳為什麼不難過？」

我看了眼徘徊在鬼門關邊的葉紹，茫然反問：「我為什麼要難過？」

宗楚考究的觀察著我的神色，半晌他低頭撚撚藥泥咕噥道：「我原以為妳喜歡葉紹來著的……」他頓了頓，自言自語道：「嗯，是我想多了。這世上怎麼會有人喜歡上葉紹呢？他除了有錢之外，簡直是個一無是處的敗類！人渣！」他抹抹鼻頭，又義憤填膺道：「對人家這麼弱小的未成年人都動輒喊打喊殺！」

我：「……」

你這種一見面就拿凶器剖開我的尾巴的未成年和弱小有屁的關係啊！

何況，我父王曾經教育過我：「阿彥啊，妳是未來要做國君的人！有一點要切記，交友謹慎，良師益友可助妳事半功倍；奸佞小人則會讓妳誤入歧途，失去為君之道。」

我仰著童真的小臉懵懵懂懂的回道：「父王……阿彥沒聽懂。」

父王手放在我腦袋上半晌，簡潔明瞭道：「就是，一定要和有錢人做朋友！」

我：「……」

出身於土豪之國齊國的葉世子顯然非常符合父王的這個標準，所以盲目的忽視掉他那些神經病的缺點，孤覺得還是可以和他做一做朋友的……

「大嬸，妳說這個時候我要是神不知鬼不覺的弄死他，也沒人發現吧？」宗楚沒有預兆的冒出一句話。

我寫下三字：「不可能！」

宗楚撇嘴不信：「他本來就身受重傷，我只要……」

我打斷他的話：「有我在。」

宗楚：「……」

我雖然有條魚尾巴，但卻是個貨真價實的人好嗎！

◆※◆※◆※◆

據宗楚所言，火荊棘之毒從中毒到毒發身亡只有短短七日。從葉紹的傷勢來看，他是在戰事結束後回來的路上遭了驍族人的暗算，毒入體內已有兩日半。毒發七日，而宗楚製出解藥則需要三日之久。

這中間若有什麼變故，任誰也無回天之術。

葉紹作為一軍主將，消失數天不見，於情於理都推脫不過去。況且從他歸來那日起，潼關周邊的村莊小鎮上就開始流出傳言說齊國主帥身受致命之傷，即將命不久矣。謠言四起，葉紹確實又不再露面，搞得軍中人心惶惶，以何源為首的一干將領已來試探了好幾次。

連白啟都憂心忡忡的跑過來問：「阿彥，葉紹他……到底怎麼了？」

我無語凝噎：「他都對你那樣了，你居然還這般關心他？真愛不解釋啊！」

「……」白啟哭喪著臉，捶胸頓足道：「我的玉珮還在他那啊啊啊啊！」

我：「……」

謠言就是這樣，你越捂著藏著，它蔓延得越是迅速，也越能使將士和百姓們相信他們無所不能的世子大人即將一命嗚呼。

索性我潑墨揮毫，以葉紹的名義寫了一封「致同袍書」給齊國及王師將領們，大義是：你們的世子我偶感風寒，身體確實不適，但是離死還遠著呢！

雖然孤在太學時成績不算多好，但盡量模仿葉紹的字跡還不是太難。寫完後我拿給茯苓過目，他是葉紹貼身侍衛，過得了他這關，要瞞住下面的將士肯定不成問題。

茯苓面色凝重的看完，半晌頷首道：「雖然字比世子醜了不少，但軍中也沒幾個識字的，應該看不出來。」

我：「……」

博得他認同感的是我寫的最後一句話：本王想死，也要看閻王敢不敢收！

他說特別符合葉紹鼻孔朝天、目中無人的高冷氣質。

我與宗楚深以為然。

葉紹的手書傳達出去後，軍中氣氛明顯鬆弛了許多，然半信半疑者亦有，例如專程來探望葉紹的沈戟。

作為齊國外派去中央執行公務的幽州刺史，沈戟對葉紹受傷一事深表關心，為此沈戟忠心耿耿的表示：為了世子能得到妥善的照顧，他特意將女兒沈慕蘭也一同帶來，協助我料理葉紹的日常生活。

而未來太子妃的我委婉不失堅定的拒絕了他的好意，理由是：世子需要靜養，不宜太多人在身邊。

話說到這分上我還不肯鬆口，沈刺史臉上掛不住了，拈鬚慢悠悠道：「世子妃對世子的心意誠然是好的，但世子將來畢竟是繼承齊國大統，甚至更有作為的。內廷不可能只有世子妃您一位，恐怕您還不知道，王后已經在為世子張羅選妃事宜。等世子一凱旋，便舉辦大婚，同時迎數位新人回宮。」

北疆離齊國甚遠，這消息我還不知道。估摸著不只我，在沙場打拚的葉紹自己也不太清楚此事。

我就說嘛，葉紹殺了齊珂，還帶走了葉嶺，齊王后怎麼忍得下這口氣在王宮裡安安分分的做她的一國之后？敢情這背後早準備了一刀子，就趁著葉紹沒個防備捅過來。這事要真讓她辦成了，等葉紹回到齊國王都晟陽，等著他的就是一潛龍邸的鶯鶯燕燕。

這些選入東宮的女子可不是孤這樣「來歷不明」的鄉野人魚，想都不用想，那各個背後都是有豪門世家撐腰的，而且一定都是站在齊王后那邊的。

沈戟語重心長的說完這一番話，慈祥和藹的看著我。

我想了下，這天要下雨娘要嫁人葉世子要娶小老婆我也不能做主啊！一切不都得等葉紹醒過來再說嗎～

所以我回了個十分冷靜沉著的：「哦……」

「……」沈刺史面部肌肉抽了抽，還想張口說什麼。

那邊宗楚撕心離肺的喊起來：「娘！過來幫忙啦！！！」

我又十分冷靜沉著的回了一句：「我兒子叫我，失陪一步。」

沈戟：「……」

等我轉著輪椅過去，宗楚蹲在小爐子邊上語氣沉重：「大嬸，出事了。」

我手一頓，良久才問：「葉紹出事了？」

宗楚瞟瞟我的寫字板，搖搖頭說：「不是，而是……我剛剛翻書時才發現，原先的方子裡少一味藥。」

我被他這沉重的語氣所感染，不由得也緊張起來：「什麼？」

這北疆天寒地凍的，千萬別和一般劇情裡說要什麼天山雪蓮啊、千年血參啊～這千里迢迢運過來，葉紹墳邊的樹梢上兩隻黃鸝都在鳴翠柳了！

宗楚猶豫的看了我好幾眼。

「妳的血。」

◆※◆※◆※◆

本著死馬當活馬醫的原則，宗楚的製藥過程異常的任性和別出心裁。白啟曾好奇的進去小藥房圍觀他的煉藥過程，沒過半刻鐘就白著臉落荒而逃出來，邊哭邊跑：「我長這麼大第一次見到那麼多蟲子！嗚嗚嗚！」

包紮著手腕的我：「……」

在火荊棘毒入肺腑的最後一日，宗楚端出黏稠漆黑的解藥。

餵藥過程中出了點岔子：即便是在昏迷中，葉紹仍牙關緊咬，湯藥灌不進去分毫。

茯苓愁得團團轉，宗楚沒耐性道：「哎呀，有什麼難的啊！卸了下巴直接灌進去就是了，他又不知道！」

所有人：「……」

尚有人性的白啟弱弱的表示：「這不太好吧……」

宗楚幽幽道：「要不然你口對口餵他？」

白啟：「……」

最後大家統一了意見，用銀勺硬生生撬開了葉紹的唇舌，將湯藥悉數灌入了他口中。撬開的過程中，我似乎聽見清晰的牙碎聲。

一刻過去了，一盞茶過去了，一炷香過去了……

葉紹依舊唇舌緊抿，沒有絲毫動靜。

茯苓眼中的光芒越來越黯淡，宗楚和白啟亦是沉默著不吭聲，我寫下一行字：「你們去休息吧，我守著。」

白啟率先道：「阿彥，我陪妳！」

「你陪她能把葉紹陪活來嗎？跟小爺出去再研究研究。」宗楚踮著腳扯著白啟的袖子連拖帶拉的出了大帳，掀簾子前他略一遲疑，回過頭來說道：「大嬸妳……算了，走了！」

我：「……」

直覺上，我覺得他想說：妳不要想不開尋死……

我不太能理解他們一個個如喪考批，彷彿葉紹已經入土為安的模樣。這藥下去多少也得有個作用時間吧，半個時辰不到難道就指望葉紹霍然睜眼、活蹦亂跳的站起來向我們打個招呼：「yoooooo，好久不見了各位！」ヽ(⌒▽⌒)ﾉ

而我，只是昨晚熬夜守了葉紹一宿，睏得不行。你們都在這扮演沉默的羔羊，我怎麼坦然自若的打盹啊！

他們一走，我就爬上床，躺在葉紹旁邊。

我睡相不太好，為防止自己睡著了亂動扯掉葉紹的被子，機智如我特意把尾巴壓在了葉紹身上！

約莫睡了個把時辰，我被一陣窸窣響動驚醒了。伸了個懶腰還沒睜眼，身上忽然一沉，彷彿壓了座大山似的壓得我肺部頓時一憋，差點岔了氣。

「雲彥，妳睡得真像頭豬。」

憤怒的睜開眼，一張瘦削得顴骨高起的俊臉近在咫尺，鼻尖抵著鼻尖，黑得泛出一點藍的狹長眼眸含著揶揄笑意，「吃了那麼多，怎麼胸還這麼平？」

我：「……」

睡迷糊的我半晌沒轉過腦筋，直直的看著他。直到胸前被揉了又揉，我如遭雷擊，渾身抖得和篩子一樣，條件反射的要掀開他跳起來。

走開！你這個對一條魚都能行苟且之事的色狼！走開！

即便是久病之身，以葉紹結實的體格，仍是輕輕鬆鬆的就壓制住了我的反抗。這場一人一魚之間無聲而激烈的肉搏以我的慘敗告終，葉紹額頭冒汗喘著氣的揪住我的臉往旁邊扯，咬牙道：「雲彥妳好得很啊妳……」

「阿彥，妳去休息一下，換我們來守……夜……」掀簾而入的白啟目瞪口呆的看著我和葉紹，隨後崩潰的大喊：「你們在做什麼啊！！！」

跟隨其後的宗楚莫名其妙的伸出個小腦袋，隨意瞄了眼，滿不在乎道：「哦，不就是在做愛做的事嘛……哎？？？」他不可思議的盯著我們，喃喃自語道：「禽獸不愧是禽獸吶，鬼門關上走一遭才醒就有體力做不道德之事。」

我和葉紹：「……」

葉紹冷冷道：「滾還是死？」

宗楚和白啟抖了抖，「滾滾滾！」

剎那滾得無影無蹤。片刻，簾子被拎起小小一角，宗楚迅速的細聲道：「大嬸專心體會，記得回頭跟我說明一下人與魚如何交配的吶～」說完咻的一聲人就沒影了。

我：「……」

這種事情怎麼跟你說明啊！難道要我用一本正經的聲音對你唸道：冬天來了，交配的季節又到了……

趕走了白啟和宗楚，葉紹的臉色依舊沒有好轉，和掛著千層寒冰似的特寒涼意幽幽的看著我：「阿彥，我醒了妳不高興嗎？」

我高興，我高興個鬼啦！面朝鬼畜如你，我該如何春暖花開！

我用同樣生冷的表情直接回答了他。

葉紹俯撐在我上方，居高臨下的姿勢非常有壓迫感。我感覺他像隻伺機待發的豹貓，而我則像他掌下……等待入腹的魚。他的手從我的臉滑到我的脖子上，一點點收縮，縮到我呼吸難受。我內心驚駭，這不會是因為我沒有按著他的劇本走，沒有痛哭流涕的抱住他說「我好想好想你，好懷念和你一起時被罵被打被嘲諷的每一天」，而傲嬌的想要掐死我吧！

可那樣的話說出口，我都覺得自己是個變態好嘛！

葉紹的表情在燭光下仍是隱晦莫測，我意識到我需要採取自救，可我上半身受他壓制，而下半身……

我翹起唯一可以活動的尾巴，向上撓了撓……

葉紹額角明顯的緊了緊，我無辜的看著他，不起作用？於是，又撓了撓。

葉世子臉色徹底黑了下來，重重在我臉上揪了一把，喪氣的鬆開我，翻身仰面躺著，「怎麼會有妳這麼不懂風情的女人？」

我：「……」

不是我不明白，而是這世界變得太快，前一秒還是密室懸疑謀殺案，後一秒立刻變身粉紅小言情。孤又不是你這個精神分裂患者，完全跟不上你的節奏啊！我琢磨著，下一句是不是要接著說：「討厭啦～人家明明在等著你主動呢！」

「……」我被自己噁心到了，所以我選擇了默默翻過身不理他。

背朝葉紹裝了會死魚，忽然孤想到了什麼……我蜷起尾巴看了看，回憶了下方才的動作，腦中一根筋崩裂了……

我腦子一熱，驀然爬起來，才側過身去又猶豫了，自己的反應是不是太大了？還是就裝作什麼都沒有發生，隨它去吧，隨它去吧～

當我乾杵著發呆時，閉著眼靜靜吐納休息的葉紹忽然懶洋洋道：「怎麼又起來了？是不是還想摸本王的屁股？」他裝模作樣的敞開懷抱，一副任君採擷的慷慨樣，「來吧，愛怎麼摸就怎麼摸！」

我：「……」

撲通，我的臉和人都像掉進了炭爐裡。惱羞成怒的我想也沒想，直接抓起一顆枕頭狠狠朝葉紹的臉上按下去！

葉紹：「……」

◆※◆※◆※◆

雖然葉紹死裡逃生已醒了過來，茯苓仍是不大放心的抓來宗楚確診他真的已無大礙。宗楚一板一眼的為葉紹觀觀氣色、看看傷口，最後拍手道：「沒事了，毒解了，死不了了。」茯苓始才鬆了口氣，那邊角落裡白啟則嘀咕了句：「果然好人不長命……」後半句在葉紹裝作無意睇去的一眼下，咕咚吞了下去。

總之，葉紹病體安康，連一向不喜歡他的宗楚都鬆了口氣。

我對此分外不解，偷偷問他。

宗楚委屈道：「大嬸妳不知道啊！那個叫茯苓的隱衛說，我治不好葉紹就要把我和白啟一起送給趙王做小老婆。」他抹抹鼻尖，又道：「哦對了，我是童養媳的說。」

我：「……」

真是有什麼樣的主子，就有什麼樣的侍衛。

火荊棘這種毒既然稱之為劇毒，解過之後自然一天半日內餘威猶在。葉紹的身體尤是虛弱，但打得知他醒後，帝都和齊國王都的書信一日連一日接連不斷的送了過來，它們的來處不同，目的卻只有一個，那就是催葉紹歸來。

穆天子催他回去是擔心放著這麼一匹盛年狼王在邊疆，寢食難安；齊國眾臣催他回去則是讓他……趕緊回去結婚。

葉世子連火漆都沒拆，看也沒看就丟到那堆信山文海裡，繼續優哉游哉的靠在床頭喝他的紅棗當歸養生湯。

葉紹剛中毒那時流失了不少血液，在宗楚的建議下，忠心耿耿的隱衛茯苓搜集各種補氣補血的方子，一日三餐不落的替葉紹燉著。

不明就裡的白啟好奇又謙虛的問我：「阿彥啊，妳們……人魚還來葵水啊？」

他瞄瞄紅棗湯，不言而喻。

「……」我面無表情的往帳內指了指：不是我，是葉紹。

白啟的表情瞬間肅然起敬了。

葉世子光明正大的借病偷懶，反過來為難的人倒成了我。包括何源在內，在葉紹那碰了冷釘子後都轉過來找我，無一不是讓我勸葉紹早日班師回朝，了卻天子的疑心病。

一來二去，找我的人多了我也嫌煩啊！在一次幫葉紹端來湯水時我提到這事：「他們都勸你趕快回去呢。」

葉紹像沒聽到似的，端起湯碗吹了吹，攪了攪，舀起一勺溫柔道：「來，張口。」

「……」

這太陽打西邊出來了！吃獨食吃習慣的葉世子居然肯分他人一杯羹！

我有點受寵若驚的張開口，就聽葉紹更溫柔道：「乖啊，替本王試試有沒有毒。」

我：「……」

今晚我一定要在你飯裡下巴豆！

見我理都不理，葉紹聳聳肩自個捧著碗慢慢攪動著，「他們找妳，妳也不理就是了。」

這是不理就成的事嗎？

葉紹騰出一隻手拍拍身邊，示意我坐上去。我沒動，他從枕邊匣子裡變戲法似的端出一小碟芙蓉酥，我默默的爬到他身邊。才伸手去勾碟子，被他一巴掌打了下來，我怒視他。他舀起一勺甜湯吹了吹，「來，先喝了它。」

這不是你喝的嗎？還是說這玩意兒裡真有毒？我將信將疑的看他。

他放下勺子，叮一聲撞在碗邊，冷冷的響。

我：「……」

識時務者為俊傑，我勉為其難的享受著葉世子的親自服務。

他一邊餵我喝甜湯，一邊與我道：「再過一日，我送去帝都的書信差不多要到了。等皇帝應允了我們的婚事，再回去不遲。」

「……」被嗆住的我一口湯水噴了出去。

葉紹：「……」

我手忙腳亂的拿出帕子，葉紹面色不悅的伸出髒兮兮的衣袖，還不忘嘲諷我：「妳好歹也是個國君，怎麼這點氣度都沒有，不就是嫁個……」

等了半天沒等到他的下文，仔細擦著尾巴的我不禁抬起頭：繼續說啊！

孤單單伸著衣袖的葉世子臉黑如鍋底，無聲的、鎮定的，在我的尾巴上擦去他袖子上的湯湯水水。

我：「……」

被迫灌了一大碗甜得發膩的湯水後，葉世子的氣才略略消了消，我總算從他口中摸清了他的意思。他的本家齊國內以王后為首的諸位大臣不是正逼著他娶眾多小老婆嗎？正巧穆天子又催著他回去，葉紹索性來個將計就計。此次他大敗驍族，皇帝正愁著該如何犒賞他，葉紹便以此向穆天子請了道婚旨。

——**要我回去，行啊，得先讓我把老婆娶了**。

葉紹在信裡著重提了：此生只娶世子妃一位，鍾情不二，望陛下成全。

這話由他描述到我耳中，說沒有點點竊喜太假了，女人嘛總是有點點虛榮的。虛榮過後呢，我又有些擔憂的對他道：「這個，你娶了我，你們齊王室可就沒後了啊！」

葉紹衝我一笑，笑得我心驚肉跳。

「宗楚不是說可以讓妳變回雙腿來了嗎？」

我：「……」

問君能有幾多愁，恰有豬隊友來挖坑。

◆※◆※◆※◆

不論我願與不願，五日後皇帝御筆親書，正式向九州五國發出公告，由天子做媒，賜齊國世子葉紹與雲氏百年好合之婚。

大婚的吉日定在正月初一，是個普天同慶的好日子。

闊別兩月，再回齊國國都，我已搖身一變，成為穆朝新一代麻雀變鳳凰的模範。

打進城門起，這一路穿街過巷，我已聽到了不下數十種關於孤的傳奇經歷。

宮鬥篇：從平民到王妃，且看殘疾啞女玩轉後宮，步步為營，征服冷情世子！

強取豪奪篇：偶然初逢，他為她獨特的冷情氣質所傾心。侯門盛寵，冷酷世子只愛平民啞妻！

帶球跑篇：一次誤食春藥，他神志不清的寵幸了這個默默無聞的啞女。一年之後偶相遇，這個女人居然有了他的孩子！？妳逃不掉的，女人！

宗楚聽罷這個版本，默了一默，顫巍巍的發問：「大嫿，他們說的那個兒子不會是……」

我鎮定自若的點頭：「應該是你。」

宗楚痛不欲生的捂臉泣道：「我這樣純良無辜的小孩怎麼會是葉紹的兒子？？這是侮辱！！！誹謗！！！」

我：「……」

比較可信的應該算是目前流行最廣泛的版本了：歷代齊國娶王后甚少講究門第，他們的世子只不過遵循了老祖宗的例子，從民間挑了個賢良淑德的女子，既沒有外戚之患，也防著天子突發奇想再塞個公主過來牽制住齊國。

對齊國乃至葉紹而言，娶個平民女為后是最平穩與划算的打算。

這個陳述有理有據，齊國大多數群眾都對它表示贊同和理解。據我所知，也正因如此，齊國朝內對葉紹立我為后的反對之聲少了許多。故而，這個說法從何而來就不言而喻了。

此時我與宗楚二人並沒有隨軍而行，在回齊國的途中，葉紹先行一步率領部分王師回帝都向天子覆命，順便親自向天子稟告我們的婚事，我們則同齊軍晃晃悠悠的往齊國而去。等我們不緊不慢的到了齊國王都晟陽城外，葉紹那邊也從帝都馬不停蹄的差不多可以與我們會合了。

在外城，我與他只有過一次短短的會面，打了勝仗回來，身為主帥有必要帶部分士兵進城耍個帥，樹立一下他高大威猛的形象。這種場合孤經歷不多，但沒吃過豬肉總看過豬跑吧，所以我也沒什麼興趣跟著他去出風頭，雖然他自己倒是很想抱著我進去耍帥同時再秀個恩愛什麼的。

結果被我以「秀恩愛，死得快」為理由，沒有一點餘地的拒絕了。開玩笑，這人就一點都不擔心秀過了頭，一不小心露出了我的魚尾巴，嚇壞齊國善良的老百姓嘛！

葉世子靜靜的看了我一眼，那眼神讓我有種「死期將至」的危險感。他似笑非笑的看著我，在我的尾巴揩了一把油，「雲彥，不急，很快就要大婚了。」

我：「……」

他的潛臺詞是：妳躲得了一時，躲得了一世嗎……

他走後，我平靜的質問宗楚：「葉紹和你說什麼？」

宗楚也平靜而委屈的回望我，「他說，如果大婚當夜妳變不回腿，就把我丟海裡餵魚。」

我努力說服他：「他是騙你的！」

宗楚：「這話妳自己信嗎？」

好吧，我、我也不信……

◆※◆※◆※◆

等我和宗楚在潛龍邸喝完一壺茶，分享完一碟棗糕，玩了一會兒跳棋後，葉紹才姍姍而歸。我算了下時間，就算他回宮後先行去看望齊王也不至於這麼晚才回來啊。

葉紹端起一盞茶沒歇氣的一口飲下，輕描淡寫道：「路上遇到了幾撥刺客，料理完了才回來。」

我和宗楚：「……」

人和人到底不一樣，孤一年遇刺的刺客十根指頭就能數完，而葉世子就進城入宮這一路，便遇上了好幾撥！這刺客們也挺敬業的啊，葉紹才回來就拎刀上工，三百六十五天不輪休，風裡來雨裡去。孤合計著要是他們有個統一組織，該給專門偷襲葉紹的頒發個「最佳模範勞工」、「最具獻身獎」什麼的。

看他臉色不甚明朗，我問道：「齊王怎麼樣了？」

葉紹往椅子裡一躺回答得十分乾脆：「還成，就那樣，沒死。」

我和宗楚：「……」

他還蹺起個二郎腿不滿道：「什麼齊王、齊王的，都快進門做他媳婦兒了，讓外人聽見多生分。來，喊聲父王我聽聽。」

我：「……」

宗楚慢慢吃完糕點，拍拍手跳下椅子說：「你們聊，我走了。」

「准你走了嗎？」葉紹掐著個金桔悠悠剝著。

宗楚乖乖回來，假心假意道：「殿下有何吩咐？」

「上次開的那些補血補氣的方子，回頭你交代給宮裡的御醫，讓他們按著一日三餐熬好了送過來。」

宗楚詫異道：「你不是已經恢復了嗎……」他皺著小眉頭一派苦口婆心的勸道：「那個，世子大人啊，不是我說，這男人呢不能太補，補過頭了一來氣血旺盛陰陽不調，二來……」他別有深意的看看葉紹的下半身，「會讓人誤會您某方面雄風不展的！！」

葉紹：「……」

喝著水的我一個不慎嗆到了，咳得停不住。

葉紹冷颼颼的眼風掃來，受到威脅的我趕緊寫下：「你行的！你很行！」

宗楚了然又痛心的看著我，「大嬸妳果然受到這廝的玷汙了！！！」

我：「……」

俄而，口無遮攔的宗楚落入茯苓的魔爪。

葉紹最近有求於他，對待這熊孩子格外的寬容，即便宗楚這樣大大的觸犯他身為男人的尊嚴，他也只是雲淡風輕的讓他去專心研製藥材。可我有種預感，他這是暴風雨前的平靜，所有的寬和只等待這最後的——秋後算帳。

葉世子的臉由青到黑，由黑到白，最終恢復正常，他平靜又鄭重的再次向我重申道：「以後我們的孩子絕不能像他一樣。」

我哦哦的連連點頭，點完頭回味過來才發覺不對，我和他這是屬於為了利益的虛假婚姻好嗎？

那廂葉紹已經興致勃勃的展開了想像：「要是生個男孩，我就親自教他騎馬射箭，男孩子從小就要教得英武果敢，不能像燕國那個娘娘腔。」

我：「……」

等一下哦，你……

「女孩子嘛，本王就教她琴棋書畫，成為穆朝之珠。」

我：「……」

穆朝之珠都出來了這……算了，我就不打擾他一個人的世界了。

這不算完，最後他還興奮的問我：「阿彥，妳想要先生男孩還是女孩？」

我想了想，反問他：「萬一是條半人半魚呢？」

葉紹：「……」

孤果然是個結束話題的冷場高手！

◆※◆※◆※◆

隨著天氣一日寒冷過一日，元正漸漸臨近。齊王依舊躺在榻上昏迷不醒，朝政基本上已牢牢把持在了葉紹手中，事無鉅細，所有的奏摺都要經過他的手批註。然根據孤的瞭解，一般新年到來，一國政事或大或小都了結得差不多了，實在搞不定的大多也留在了年後處理，畢竟不論是國君還是朝臣百姓，都要舒舒服服的過個新年。

政事一少，齊國上下所有的重心幾乎都放在了我與葉紹的大婚上。

臘月下半旬，各國來祝賀的使臣陸陸續續來到了王都。我格外留心了下有沒有荊國來的使臣，葉紹也不避諱就把國書大大方方的攤開給我看，說：「荊國沒來人。」

我說不出是失望還是慶幸，尾巴無意識的搖來搖去，冷不防碰到了葉紹的膝頭。

他皺眉道：「怎麼那麼涼？」

哦哦，不好意思啊。我趕緊挪開尾巴，沒挪成被他捉住了。

只見他展臂拖來銅火爐，抽出我的帕子罩在其上，然後順手把我尾巴擱了上去烘著，方轉過頭來與我繼續道：「妳也不必太憂心，蕭懷之的事皇帝已經知道了。雖然沒在明面上干涉，但已暗示其他四國不與蕭懷之建立的偽朝廷來往。等來年春天一到，本王以勤王之名，率兵征討他。」

荊國那邊的動靜我一直在關注，近來也想著找個恰當的時間催一催葉紹，只是沒想到他竟然已經悄然布置好了一切。

至於他的動機，這也是我想試著與他商量的一件事。

大婚後，荊國能不能不併到齊國的版圖裡……

葉紹彷彿看穿我的所想，切的一聲道：「雲彥，我該誇妳跟著本王變得聰明了些，還是說妳想太多？先不提荊國那窮鄉僻壤值不值得我收過來，就說荊、齊合併，皇帝那關能過得去嗎？」

我：「……」

他語氣篤穩而淡定：「妳的身分，天子遲早會知道，我娶妳估計已是他的底線。穆朝之所以屹立百年不倒，沒有亂於諸侯爭霸，就是因為每朝每代的天子獨擅制衡之術。」

權謀心機我從來比不過葉紹，說沮喪不是沒有，但人比人氣死人。他是公認的天才，孤也沒必要給自己找不痛快。我做不了最好，也做不了很好，我只能做到盡我所能的好，盡我所能的爭取荊國的獨立，盡我所能的過好每一天，晚上能睡個踏實覺就好了。

他說著，我聽著，細細一想，確實是這麼個理。心中結一解，頓時開朗許多，但隨之我又想到了：不圖謀荊國那塊地，葉紹為什麼這麼盡心幫我啊？

葉紹看著我寫的字條，罕見的沒有開啟嘲諷模式，他托著腮看了看我，忽而一笑：「誰知道呢？」

我：「……」

這是個什麼回答啊！你是不是馬上就要深情款款的握起我的手告訴我：「沒有理由，沒有原因，我就是鬼迷心竅的愛上了妳！」

他收起玩笑之色，一本正經的與我算道：「本王幫妳復了國，齊國得了一個王后，我得了個荊王老婆，怎麼算都不虧。」

我：「……」

「想這麼多做什麼！」他喊了下，伸了個懶腰，「與其娶一堆世家女進來整天算計著我，不如娶妳一個，以妳的身分足以堵住讓我納妾的悠悠眾口。」

他看了下時計，拍拍我的頭說：「時間到了，該泡澡了。今天妳是想洗花瓣澡，還是泡泡澡？」

我「……」

◆※◆※◆※◆

忙碌碌的量禮服，學大婚的禮儀，等我從冗雜的儀式步驟裡抬起頭，驚覺正月一日已近在眼前。

雖然我極端的不配合，但在宗楚孜孜不倦的研究下，他搗鼓出來的藥水已經能勉強讓我保持一整天的雙腿不變回魚尾。

對此，葉紹居然還不滿意，非常不要臉的提出要求：「晚上也要保持不變哦！」

我：「……」

哦哦，哦你個大頭鬼！

大婚這天如期而至。

第十一章

齊莉聯姻

孤做了九年國君，任職期間也有被邀請過觀摩其他諸侯世子、公主的婚禮。有的窮奢極欲、花樣百出，恨不得站在王都大門上大喊「人家窮得只剩錢了」；也有中規中矩按著古法一步步來的。

前者和後者都不約而同的有個共同點，那就是——累！

別說新人了，光是那些繁複的禮儀步驟，就連圍觀群眾從早到晚擱那都熬不住。上一次趙國世子大婚，硬生生拖暈了好幾個體力不濟的老大臣，那場面兵荒馬亂的和災後急救現場似的。

輪到孤這次大婚，我深深的預感富甲一方的葉世子要狠狠的任性一把。至於怎麼個任性法，我曾想試著問問葉紹，結果葉紹神秘一笑：「當天妳不就知道了？」

說完他還衝我眨眨眼。

一股惡寒竄過，別人賣萌是可愛，葉世子賣萌那是要命啊！

◆※◆※◆※◆

大婚前一夜，意料之中的我失眠了——緊張的。

齊國世子大婚勢必會有很多其他諸侯國包括帝都那邊的王親貴族過來觀摩，孤雖然是個小國國君，但好歹每年也要在五國首腦聚會時露一露臉。

我拿起銅鏡左看右看，回憶著自己以前的樣貌，好像變了些，再一看，又好像沒怎麼變。這要是被人當場認出來……

「我擦！！這新娘子不就是荊國那個窮鱉嘛！」

「天啊，荊國已經窮得連國君都賣出去還債了嗎！？」

這還不算難堪的，萬一有人按捺不住當場找孤還錢，孤該如何是好……

翻過身再一想，又胡思亂想的複習大婚的步驟，越想越混亂。忽然廊外燈下咻的一道黑影閃過，頭昏腦脹的我心一緊，條件反射的抓起匕首。頃刻，我察覺到了有人靠近的輕微腳步，等他撩起紗簾，我的匕首剛一舉起來，啪嗒就被打掉在了床上。

本不該出現在這裡的葉紹撇著嘴：「謀殺親夫啊。」

我：「……」

沒等我回過神，他已靈敏的往床上一竄，踢踢我的尾巴說道：「去去去，往那邊挪一點。」還極為順手的拉過一半被子蓋在自己身上。

我：「……」

我瞧瞧露在外面的尾巴，正想要蜷進被子裡，忽然尾巴一暖，葉紹又挪了一小半被子過來了。

床不大，小巧精緻，看得出是專門為公主、妃子一類的後宮女性打造的。我一人睡著正好，但多出一個七尺高的葉紹，乍然變得擁擠狹窄。

葉紹縮手縮腳的窩在上面顯然也十分不自在，嘴裡抱怨了兩句，隨口安慰我道：「明天就換大床了啊。」

我：「……」

這種安慰我可以當作沒聽到嗎！？

我們倆臉對臉側躺著，找不出話來說。尷尬了一會兒，我趴枕頭上寫道：「禮官不是說大婚前一夜不能見面嗎？」

葉紹淡定回應：「哦，我就是來看看妳有沒有逃婚來著。」

我：「……」

這什麼藉口啊！你都派人裡三層外三層把這柔儀殿圍成了個鐵桶，我一條魚難道要從下水道游出去嘛！

我默默舉牌子：「其實你也是緊張得睡不著是吧？」

「……」葉紹沉默了下，嘴角一彎，「哦，原來妳也在緊張啊。」

我：「……」

小肚雞腸的男人最討厭了！

緊張的我們倆又是一陣面面相覷，這回是他先開口：「雲彥。」

我歪頭看他。

他咳了聲：「沒事，我就叫叫妳。」

我：「……」

是誰告訴你，你緊張睡不著就能跑過來發神經的啊！

懶得理他，我打著哈欠準備睡覺。突然髮根一緊，疼得我怒目而視：「你睡不著可以繞著王宮跑三圈呀！反正你一向喜怒無常、臉皮又厚，別人一定不會覺得奇怪的！」

葉紹揪住我的頭髮繞了三圈，「雲彥，妳……」他停頓了，似乎在醞釀說辭，「妳是真心願意嫁給我的嗎？」

我：「……」

葉世子你一邊扯著我頭髮強迫我陪你聊天，一邊問我是不是真心的想嫁給你，這樣真的沒問題嗎！還有，這個問題還用得著回答嗎！不是走投無路，我怎麼願意嫁給你這個變態！

我又沒有喜歡天天被你用一百零八種姿勢虐待的獨特愛好！

葉紹觸及我不情不願的眼神，瞬間臉上溫度直下三千尺，哼了聲：「不願意也得願意。」

我：「……」

和他聊天真的好累，我要睡覺，我要去夢裡尋找一個沒有神經病的世界。

我的想法終究是泡了湯，睡不著的葉世子強拉著我共同披著條棉被，蹲在地上用銅火爐……烤紅薯。

孤應該是穆朝建立以來，第一個在大婚前夜和未婚夫攜手烤紅薯的準新娘吧。幸好這一幕沒被史官看見，否則孤這張臉要一路丟過幾千年，簡直不能再好了！

真論起來，有地龍的地面反比床上要暖和許多，坐著坐著受不住睏意的我頭一歪靠在了葉紹肩上。

葉紹不客氣的捅捅我，「別睡，快熟了。」

我睜不開眼的搖搖頭，要吃你吃，我要睡覺！

後來發生什麼我已全然不知曉了，我只知道我做了一個夢，夢裡是一片茫茫無垠的夜海，海上柔光閃爍，岸邊高樓如織，天橋橫架，閃閃燈光猶如粒粒明珠相綴其中。遠處傳來一縷我從未聽過的悠揚歌聲。那歌聲悠揚而空靈，從海面拂向陸地，明明是陌生的語調卻讓我有種奇異的熟悉感。

我想走近海邊瞧個究竟，卻意外的看到了個頎長身影立於那片縹緲如霧的燈火下。走近一步，我看清了，那人是葉紹。

海風吹來，大袖翩飛，似天外之人。他微微低著頭，向我伸出手，含笑問道：「雲彥，妳願意嫁給我嗎？」

妳願意嫁給我嗎？

我仰著頭怔怔看他，鬼使神差的張開了口……

◆※◆※◆※◆

一夜長夢導致我在大婚這天天還沒亮就頭痛欲裂的醒來，室內猶存烤紅薯香甜的味道。地上的銅火爐早已熄滅，葉紹不知蹤影，留下一堆……剝剩下的紅薯皮。

我氣憤難當，吃完了不收拾垃圾就算了，居然還不留給孤一個！

要知道今天一整天我幾乎都是滴水不沾、粒米不進的！

渾渾噩噩的由侍女更衣時，我突然發現鳳冠的樣式與之前我看到時略有不同，多了一層細密的珠簾。

我撈起珠簾看了看，沒什麼特別，不過……恰好能擋住我的臉。

左想右想，大概是葉紹考慮到大典上我要與諸國使臣碰面，特意讓工匠改的。

唉，他也就在這個時候能讓人念著點他的好了。

到了真正舉行大典時，我發現自己全然沒必要緊張被認出來。無論是冊封還是祭祖，我和葉紹始終與人群保持著一段不遠的距離。基本上自始至終，除了禮官外，就和我葉紹兩人能看見對方的臉。

即便整個過程我不須說半句話，一天下來我也累得很。草草應付完賓客，由眾女官送入葉紹東宮寢殿時，天已至夜。

整個齊王宮內笙簫不斷，鼓瑟齊鳴，夜宴已經擺開。為慶祝我與葉紹的大婚，整個王都晟陽三日不宵禁。

折騰了一天，等人皆散去，我立即癱倒在喜床上揉著我尚不太適應的雙腿。

相比之下，葉紹的精力充沛得驚人，他淡定的坐在床邊看著軟泥似的我，居然還幸災樂禍的嘲諷我：「這體力不行啊，雲彥，待會妳可怎麼辦啊！」

我：「……」

他不提還好，一提我突然就慌張起來了。看著自己的雙腿淚流滿面，不是說最多保持六個時辰嗎！這都多久了！宗楚你這個不可靠的江湖郎中！人家現在想變成一條魚啊！！！

餘光不經意瞥到葉紹，心跳差點沒停住，抖著手寫道：「你幹嘛！」

葉紹特自然的回道：「脫衣服啊。」他咕噥著：「累忙了一天，終於能休息了。」

我：「……」

葉紹脫到一半，想起什麼，走出床閣，不消會端了兩杯酒回來。

頭大如斗的我看著他，結結巴巴寫道：「交杯酒，不是喝過了嗎？」

葉紹把杯子往我手裡一塞，自己乾脆的一飲而盡，「禮官說是一天沒吃、只晚上吃了一些，夜裡容易積食，用來養胃的。」

哦，這樣……我放心的喝了下去，味道酸酸甜甜，入胃暖暖的，確實像消食的果子酒。

葉紹喝完後丟下杯子繼續脫衣服……

我欲哭無淚，偷偷的往床外挪。才挪到一半，腳踝被人捉住，背後人涼颼颼道：「去哪？」

我：「……」

腳踝一緊，我無聲的尖叫著被拖到了葉紹身邊。已脫得只剩下一層中衣的葉紹欺身而上，輕而易舉的壓制住我的抵抗，他得意的用兩指夾住我的腮拉了拉，「雲彥，我說過的，今晚妳逃不掉的。」

我：「……」

一點都沒有猶豫，葉紹壓住我的手就開始解我的衣裳，邊解還邊埋怨：「穿這麼多做什麼，早晚要脫的。」

我：「……」

滾開！那你為什麼不裸奔！

我羞憤的奮力掙扎，奈何我與他的體力懸殊太大，絕望之下我發了狠的一口朝他咬了過去。他似早有所料，頭一偏躲了過去，我再想咬一口，結果他微微側首，反倒……咬住了我的嘴。

我腦中轟的一下空白了，所有的血流洶湧的往臉上湧。葉紹與我的臉幾乎貼在了一起，近到我可以數清他長長的睫毛數。

托著我腰的手一沉，他順勢將我推到了床中央。他輕輕咬了一下我的唇，有點痛，又咬了一下，他舔舔唇說：「妳的，是青梅酒？」

我、我已經完全不在狀態中了！哪裡還分得清什麼梅子酒、杏子酒的。

或許是飲了那杯酒的緣故，胃裡的那股暖流漸漸的遊走向體內各處，和條柔軟的絲綢一樣慢慢纏住我的四肢。抵住他的手微微發軟，包括我的身體，這種奇怪的感覺讓我很驚慌也很無措。

葉紹似乎也有了同樣的反應，握著我的手不再用力，指腹摩挲在我手腕內側，有種要命的酥麻感。他稍稍皺起眉，將本就寬鬆的衣襟拉得更大了些，露出結實有力的胸膛，「地龍是不是燒太熱了？」

我壓根沒工夫關心地龍熱不熱好嗎！你別再對我做出什麼奇怪的事情啦！你你、你的手往哪摸啊！

「呵，熱就熱吧。」

葉紹的注意力也就被牽扯住這一剎而已。

他暖烘烘的唇緊跟著從我的耳朵磨蹭到脖頸上，探入衣內向下遊走的手快讓我羞憤而死了。反覆流連在我鎖骨處的那雙唇越加得炙熱，而他的吻和動作也變得不再溫柔，激烈的彷彿像一場狂風暴雨。

「阿彥……」

這個時刻，他的低喃就像冰上的火，融化著我的意識。

太奇怪了，我的身體感覺都不是我自己的了！腹部一股說不出的感覺漸漸匯攏、沉澱，讓我禁不住蜷起了身子。

我渾渾噩噩的垂死掙扎，直到他分開了我的腿……

腹下的痛感驟然傳來。

沉甸甸的墜痛感一波又一波湧來，醉酒感和疼痛攪和得我冷汗淋漓，難以忍受的蜷成個蝦狀。

在我身上摸索的葉紹無意中抹過我的臉，一掌心的汗水終於令他意識到我的不對勁。

「雲彥，妳的臉怎麼那麼涼？」

我咬緊牙關，捂住肚子直發抖，那種疼痛感越來越強，像無數根綿綿細針刺在腹內。

葉紹的面色仍是赤紅，額角細汗密布，但眼神儼然清醒了不少，「哪裡不舒服？」隨後還犯疑的嘀咕了句：「本王還沒做什麼呢，怎麼就痛起來了？」

我：「……」

你這個堂堂齊國世子大人，腦子裡除了黃色廢料和怎麼讓別人不高興和更不高興外，能不能有點別的營養物質啊！

略一探看，沒看出個所以然來，葉紹當機立斷翻身而起，「我去找太醫！」他語氣冷硬，隱隱有殺氣：「敢攪和本王的洞房花燭……」接觸到我怒視而去的視線，他咳了聲改口：「敢對本王愛妃下毒，定不能輕易放過行刺之人！」

「……」

渾渾噩噩的我陡然一驚，我這種自然生理規律沒有驚動太醫的必要吧！你難道要明天所有諸侯國和帝都的頭版頭條都是：勁爆！齊國世子妃大婚當夜來葵水，世子爺欲求不滿以殺洩憤！？

孤不求名垂青史，但也不要自黑來揚名天下呀！

強忍著不適感伸出手去拉扯葉紹，結果被他覆手一按，他溫聲道：「不要怕，我馬上就回來。」

我：「……」

我好怕，真的！嗚嗚嗚，我不要我的葵水天下皆知。你聽見我心中對你的挽留了嗎！如果可能，我都想唱出來了好嗎！愛我別走！！！

無計可施的我眼睜睜看著葉紹疾步而出，悲傷逆流成河。

「殿下啊，你們不是在洞房嗎！拉我這個未成年人來圍觀真的沒問題嗎！口味這樣重不好吧～」喋喋不休的宗楚被風一樣疾走的葉紹丟進了房內，一瞅見我的模樣便大驚小怪叫道：「殿下，你不知道女子初夜是需要溫柔對待的嗎？」他嘖嘖道：「看我們雲姐姐被折騰得不勝腰力，弱柳扶風的嬌弱樣。」

我：「……」

這熊孩子一定和葉紹這廝一樣從來沒上過思想品德課吧！小小年紀就知道什麼腰力不腰力的真的好嗎！

葉紹冷如冰山說道：「我還沒折騰她，她就這死樣子了。」

宗楚語塞：「沒折騰……就成這樣啊。」他一臉景仰的看向葉紹，讚道：「世子大人果然勇猛。」

我：「……」

宗小少你真的不是葉紹流落在外的私生子嗎？？

「晚上喝了杯酒之後她就這樣了，我懷疑有人在酒裡下了毒。」葉紹說著，將那兩個酒杯拿過來，「她隨時有可能變回魚尾，本王不敢輕易叫太醫過來，你且看看是何原因。」

宗楚接過酒杯，蚊子般細細的聲音唸叨了句：「下毒怎麼不把你一起毒死了？」

我：「……」

他以為葉紹沒聽見，但實際上葉世子眼梢掠去一抹危光……瞅見了的我望望天，當作沒看見。

「酒裡沒毒。」宗楚稍一聞就得出了結論，他再一嗅，說：「但是，下了藥。」

葉紹挑眉，宗楚高深莫測的看了看葉紹和我，吐出兩字：「春藥。」

我和葉紹：「……」

這齊國風俗太奔放了吧，大婚之夜給世子和世子妃下春藥，是擔心我們其中一人冷感嗎？？

葉世子涼涼的嗤了聲，不屑的自語道：「本王用得上春藥嗎？不過……」他摩挲著嘴脣，向我投來耐人尋味的目光，「用來助興倒是有點意思～」

你這個春意昂然的表情是什麼意思啊！！！！

對上他的目光，我瞬間聯想到方才肌膚親暱的種種畫面，他不知廉恥的手，和無所不在的吻……腦子啪的炸開了鍋，人和剛從水裡煮出來的蝦似的，裡外通紅。啊啊啊啊──丟死人了！

不出意外，我聽到葉紹一聲得意的輕笑。

宗楚丟掉杯子，擦擦手，一副無所謂的模樣說：「這點春藥不傷身，至於大婚嘛……」

他摸上我的手腕問道：「吃多了？」

我：「……」

額角抖了抖，我乾巴巴的寫下：「來月事了而已……」

寫這行字的時候我比較悲憤，雖然孤是個國君，幹著男人的活，扛著男人的事，來葵水這種每個姑娘家必經之事不會因為孤職業的特殊性就繞開了去。

更悲劇的是，我生下來體質陰寒，每月來時極為疼痛。爹娘死得早，平日打交道的基本上不是文臣就是武將，連個知心小閨蜜都沒有，處於青春期飽受葵水之痛的我無比哀愁，只有從小帶我的奶娘安慰過我一句：「大王不要覺得這是件苦事……」她慈祥而溫柔的摸摸我的頭說：「畢竟這是妳和朝中那些臭男人的唯一區別。」

我：「……」

奶娘妳想說我是個女壯漢就直說好嗎……這樣委婉的說辭依舊會深深的傷害到我敏感的幼小心靈啊！

我一寫完，宗楚和葉紹同時沉默了。

宗楚不可思議的看著紙上的字，又看看葉紹，面部表情扭曲。我直覺他是想哈哈哈哈哈哈哈哈的替我這次葵水點上三十二個讚，但是懾於葉紹的淫威忍得很辛苦。

過了半晌，他像勉強調整好亢奮的心情道：「這個，那個，人魚的體質本身就是極陰極寒。大嬸雖然變回了人，但體質並沒有受影響。來月事也在情理之中，加上之前喝了那麼多補血的湯藥，故而就……來勢凶猛了些。沒事，多休息保暖就行。」

對哦！他不說我還忘了，就是葉紹這個罪魁禍首之前拚命灌我紅棗啊、花生啊、白果啊、阿膠啊！

我怨氣沖天的瞪向葉紹，他竟然還頗為不滿的瞪了回來。

「雲彥妳不要不知好歹啊……」他咳了聲咕噥道：「本王還不是看在妳受傷，為了替妳補血嗎！」

他說得我一愣，不自覺的就摸了摸手腕。上面的傷痕早已在膏藥的作用下淡得快看不見了，我本以為葉紹他是不知道的……

總之，不是中毒也不是有人行刺。鬧了個小笑話的葉世子自覺顏面有失，異常不客氣的把宗楚趕了出去。等他回來時，一手托了個湯婆，一手端著個熱氣騰騰的玉碗，胳膊肘上還搭了疊乾淨的衣裳。

把湯婆塞進被子後，他將碗遞給我，「先把糖水喝了，再換身乾淨衣裳。」

人臉皮厚也有好處，我臊得面紅耳赤，他倒是怡然處之。

暖暖的糖水下肚，腹痛好了些，葉紹將簾帳拉下來擋住風，掀開被子就要扒拉我所剩不多的衣裳。

我惶恐至極，死命掙扎：「你要幹嘛！」

葉紹不耐煩道：「幫妳換褻褲啊！」

「……」

我崩潰了，我是來月事又不是癱瘓！換褻褲就不勞煩你世子大人啦！

在我的竭力反對下，葉紹終於放棄的背過身去，他頗不滿道：「妳身上哪裡我沒有看過，害羞個什麼勁。」

我：「……」

◆※◆※◆※◆

我和葉紹的大婚之夜便這樣淒淒慘慘的度過了。

翌日，按照規矩，我要和葉紹去向齊王和王后請安，隨後還要接見各國使者的拜賀。許是來月事的緣故，到了早上我的腿沒有變回去，可葉紹仍為我備下了輪椅，左右現在世人都知道齊國的世子妃不僅啞還瘸……

齊王還是老樣子，臥床不起，但偶爾會清醒個把時辰。我和葉紹去時恰巧碰上他醒來，齊王后坐在床頭與他附耳說著話，一見我們倆來了連忙坐直了身子，笑容淡淡：「君上，世子和世子妃來了。」

比之月餘前，她的妝容似乎更為豔麗，但胭脂鉛粉依舊遮不住她唇角眼尾的細紋。面對殺了她弟弟的葉紹，神情似乎沒有任何波動，還衝我們倆笑了笑。

沒有波動就是有波動，弒親之仇她還能表現得這麼平靜，是個人都不信好嗎！

齊王靠在榻上，瞅著眼費力的看了我們好半會，蒼老的臉上露出個很淡的笑容：「來了啊。」

我和葉紹躬身要向他們行大禮，齊王忽然擺手阻止了我們，「不必了。」

才低下頭的我詫異的看向葉紹，葉紹已直起了身，嘴角噙著一抹誰也看不透的笑容。

剛拿出紅包的齊王后亦是不解的問：「君上？」

齊王喘了好幾口氣，攢了攢力氣，方一字一頓道：「今早我已擬好了旨意，把王位傳給了世子，以後他就是齊國的王了。」他頓了頓，彷彿無比疲倦，閉上了眼慢慢道：「自然不需要向我們行禮了。」

我：「……」

周圍的宮人顯然和我一樣驚呆了！

土豪就是不一樣！別家新人見父母送紅包，齊王直接送王位啊！

齊王后手裡的紅包啪嗒落在了地上，她不敢置信的看著齊王，眼角紅得驚人像要流出血一樣，「君上，你不是答應過我，立阿嶺做世子的嗎……」她的聲音越來越大，彷彿要穿透整座宮殿的脊梁，「君上！！！！阿嶺是你的兒子啊！！！是你最寵愛的兒子啊！！！！」

淚水沖垮了她精緻的妝容，她伏在榻上像個癲狂的女鬼。

我有點擔心她把齊王……給掐死。

葉紹彷彿早已料到這一幕，沒有表現出任何驚訝失態的情緒來。他只是那樣淡淡的笑著，淡淡的向齊王行了個謝禮。

對於這個王位，葉紹是勢在必得，也為此明裡暗裡下了不少功夫。但真到了這一日，我卻覺得他好像並沒有多高興。

「妳先下去吧，我與阿紹他們有幾句話說。」齊王又養了會神，對齊王后道。

齊王后哭得如雨後折花已無半分美感，她狠厲的回頭瞪了我們一眼，再回過頭去卻已是楚楚可憐道：「君上，難道我與你的情分已經到了有什麼話要避開我說了嗎？」

齊王閉著眼一時沒說話，葉紹先行發令：「來人，送王后……」他話一頓，微微一笑，改口道：「不，現在應該是太后了。送太后回宮。」

這一句太誅心了，齊王后頓時失去了所有冷靜，回過頭來和個真正的厲鬼一樣慘白著臉瞪向葉紹，咬牙切齒道：「葉紹……」

但話沒說完，她就被宮人從兩邊挾著半拉半扶弄走了。

沒了齊王后，宮殿安靜如初，滴漏沙沙流過，讓這座並不太大的寢殿顯得格外空曠。

似乎已經睡過去了的齊王吸入口氣，慢慢睜開眼轉過頭來，他看向的不是葉紹卻是我，緩慢的笑道：「雲家的小丫頭，沒想到，妳會成為我的兒媳婦。」

我：「……」

去年年底老齊王貴體抱恙，沒去帝都。真算起來，我與葉紹他爹將近兩年沒碰面了，這都能認出來？我望著葉紹無語。小狐狸相隔十年輕易識破了我的身分，老狐狸瞅了我兩眼就準確的叫出我名兒，這一家子都是什麼人啊！這是逼得孤非得去報個易容培訓班和演技速成班嗎！？

葉紹笑著掃了我一眼，眼神飽含輕蔑，分明在說：連本王都騙不過，還想騙過我爹，傻姑！

我：「……」

我難過，我不想面對這個周圍都是一群腹黑鬼畜，突顯自己一個好白好天真的殘忍世界……

問到這分上了，再遮遮掩掩無非掩耳盜鈴，我訕訕朝老齊王點了下頭。

老齊王沉重的嘆了口氣：「嫁給這臭小子，委屈妳了。」

我和葉紹：「……」

等一下，是我進大門的方式不對嗎！？

既然挑明了我的身分，他不應該和葉紹一樣對我威逼利誘，要我拱手讓出荊國江山嗎！？這儼然一副好公公的樣子是怎麼一回事啊！我頭一回嫁人沒什麼經驗，此時此刻需不需要我羞澀的接一句「兒媳是心甘情願的，不委屈～」啊！

葉紹自個也被他老爹搞得有些無語，「父王你乏了，我和阿彥就不……」

老齊王更大聲的嘆著氣打斷了他的話，絮絮叨叨：「我曉得你長大了，翅膀硬了，嫌棄我這個拖後腿的老人家了，連和兒媳多說兩句話都要吃乾醋！」說著，他還抬起手慢騰騰的擦著莫須有的眼淚，「我還記得你小時候追著我要抱抱飛高高，一口一個父王爹爹，叫得可親熱了。唉，長大了……」

我：「……」

您老人家剛剛還一副病入膏肓的風吹殘燭之相，現在一口氣說這麼長一句話都不會喘，我聽著都氣短啊！還有，我眼神直往葉紹那瞥，您口中描述的陽光小正太真的是這個冷酷無情、無理取鬧的新任齊王大人嗎？如果是，那我只能感慨，這孩子從小到底吃錯了多少藥才長成這樣啊？太有違物種進化規律了。

葉紹太陽穴那青筋狠狠的跳了跳，如果躺在榻上的不是他親爹，我相信他一定手起刀落宰了這人。

老齊王說了這麼多，究竟是累到了，歇了許久他側過頭望了望，吃力的掬起笑容說：「阿彥，我這麼叫妳，妳不介意吧。」

我趕緊搖搖頭，雖然我和他同屬一國之王，但他和我父王是同一輩的人，即使沒有嫁給葉紹，我也從來都是把他當長輩看待的。

他微笑著看我，乾枯如柴的手指了指葉紹，「阿紹他這孩子，脾氣古怪，不好相處，妳啊多忍讓些。」

我又點點頭。

開玩笑好嗎……我不忍著早就變成一鍋香辣水煮魚了！

葉紹眉梢緊緊皺起，想開口卻始終沒說什麼。

齊王的聲音越來越低：「我沒想到他居然會與妳有這樣的緣分，但……緣分都是來之不易……」

我心覺不祥，緊張不已的微微傾過身，卻是發現他僅僅是倦得睡過去了。

葉紹抿緊著唇，輕輕唏了句幾乎聽不見的：「早知如此……」

後面的話散於驟然穿堂而入的風中，那陣風來得快、去得也快，吹得人手腳發涼，我忙手忙腳的替老齊王掩好被子。

葉紹站了片刻，便轉身離去，「走了，早上還有重要的事要忙。」一頓步，見我沒跟上，他冷漠道：「妳願意留在這裝個孝順媳婦隨妳。」說著向外提步而去。

「……」我茫然的看著葉紹自行遠去的背影。

你、你、你倒是給我這個殘障人士轉輪椅的時間啊！這廝升級成國君，連傲嬌屬性也一同升級了嗎？？？？到底是我來葵水還是你啊！

沒過半晌，外殿又響起熟悉的腳步聲，黑漆著臉的葉紹面無表情的出現在我面前，他看了我一眼，冷冷道：「孤丟了一樣東西在這。」

哼！不想理你！自己去找！

我當作沒看見他。

他忽地一把攔腰抱起我，摸不著頭腦的我學著他冷冷的回視過去，他繼續昂著他高冷的腦袋孤傲道：「孤養的寵物魚丟這了。」說著，便抱著我大步走出了殿外，走了兩步後，一聲不吭的往我懷裡丟了個暖融融的湯婆。

我：「……」

嗚嗚嗚，我的後半生真的要跟這個喜怒無常的神經病一起度過嗎！

《債主大人的人魚餵養日常01》完

敬請期待《債主大人的人魚餵養日常02》精采完結篇！

殭屍王妃
NOVEL 偽裝的魚
水々 ILLUST
末世殭屍貓娘 x 抖S美人王爺
讓人氣得心跳加速、怒得口乾舌燥的主寵系調教(?)文
殭屍王妃
殭屍王妃
殭屍王妃
殭屍王妃
全套四集，全國各大書店、租書店、網路書店持續熱賣中！
典藏閣
華文聯合出版平台
www.book4u.com.tw
采舍國際
www.silkbook.com
不思議工作室_
立即搜尋
版權所有© Copyright 2015

My Voice Actor Prince♥
我的聲優王子
~Love恋~
#
FUN MUSI
NOVEL
墨子都
Jond-D
ILLUST
幸福是什麼？
兩人的心跳同樣悸動
早晨醒在對方的懷抱裡
當幻想變成現實——
偶像陛下＝男神蜀黍……咦？!（⊙o⊙）
陛下「那個……寶貝，聽我解釋好不好？」
小葵「我不聽，我要離家出走！」
My Voice Actor Prince 01♥
My Voice Actor Prince 02♥
全套2集、全國各大書店、租書店、網路書店熱賣
典藏閣
華文聯合出版平台
www.book4u.com.tw
采舍國際
www.silkbook.com
不思議工作室_
立即搜尋
版權所有© Copyright 2015

飛小說系列 140

債主大人的人魚餵養日常 01

出版者■典藏閣
作　者■墨然回首　繪　者■非光
總編輯■歐綾纖　企劃主編■PanPan
製作團隊■不思議工作室
郵撥帳號■50017206 采舍國際有限公司（郵撥購買，請另付一成郵資）
台灣出版中心■新北市中和區中山路 2 段 366 巷 10 號 10 樓
電　話■(02) 2248-7896　傳　真■(02) 2248-7758
物流中心■新北市中和區中山路 2 段 366 巷 10 號 3 樓
電　話■(02) 8245-8786　傳　真■(02) 8245-8718
ISBN■978-986-271-642-7
出版日期■2015 年 10 月

全球華文國際市場總代理／采舍國際
地　址■新北市中和區中山路 2 段 366 巷 10 號 3 樓
電　話■(02) 8245-8786　傳　真■(02) 8245-8718

新絲路網路書店
地　址■新北市中和區中山路 2 段 366 巷 10 號 10 樓
網　址■www.silkbook.com
電　話■(02) 8245-9896
傳　真■(02) 8245-8819

☞您在什麼地方購買本書？☜

1. 便利商店（________市／縣）：□7-11　□全家　□萊爾富　□其他________

2. 網路書店：□新絲路　□博客來　□金石堂　□其他________

3. 書店（________市／縣）：□金石堂　□蛙蛙書店　□安利美特animate　□其他____

姓名：________地址：________

聯絡電話：________　電子郵箱：________

您的性別：□男　□女　　您的生日：西元________年________月________日

（請務必填妥基本資料，以利贈品寄送）

您的職業：□上班族　□學生　□服務業　□軍警公教　□資訊業　□娛樂相關產業
□自由業　□其他________

您的學歷：□高中（含高中以下）　□專科、大學　□研究所以上

☞購買前☜

您從何處得知本書：□逛書店　□網路廣告（網站：________）　□親友介紹
（可複選）　□出版書訊　□銷售人員推薦　□其他________

本書吸引您的原因：□書名很好　□封面精美　□書腰文字　□封底文字　□欣賞作家
（可複選）　□喜歡畫家　□價格合理　□題材有趣　□廣告印象深刻
□其他________

☞購買後☜

您滿意的部份：□書名　□封面　□故事內容　□版面編排　□價格　□贈品
（可複選）　□其他

不滿意的部份：□書名　□封面　□故事內容　□版面編排　□價格　□贈品
（可複選）　□其他

您對本書以及典藏閣的建議________

____

____

✌未來您是否願意收到相關書訊？□是　□否

✍感謝您寶貴的意見✍

印刷品

$3.5
請貼
3.5元
郵票
不思議信箱
FUSIGI POST

235 新北市中和區中山路二段366巷10號10樓

華文網出版集團　收

（典藏閣－不思議工作室）

債主大人的人魚餵養日常

Firset Episode
01

NOVEL 墨然回首
ILLUST 非光